don nadie

Una novela corta sobre irrelevancias crecientes

Antonio Domingo Muñoz

A ti, querido lector,
por huir de los cuentos fáciles

“La vida es un juego, juégalo”
Teresa de Calcuta

1

Aquel lejano amanecer, el primero de su vida, le mintió. Le mentí. Simulé uno más de sus despertares vacuos, entre sábanas sin color y tibias luces del alba. Le llegó sin sueños heredados de las sombras. No presagiaba el caos. Respiró. Desperezó el soponcio y abrió los ojos. Oteó el techo y vio pasar una mosca que le había birlado el último minuto de descanso. Revoloteaba triunfante, el bicho.

Echó pie a tierra. Pisó firme. Sobre la tarima vieja, inició la ruta del día. Se duchó y vistió traje sin personalidad, en grises tristes, azules desgastados y una corbata anudada no recuerda cuándo. Calzó zapatos negros sin lustre. Desayunó sin sabores. Consultó el teléfono y no tenía mensajes. Ni nuevos, ni viejos. Nada era original en la aurora de una fecha que debía transcurrir por la irrelevancia, como él.

Sin novedad salió a las calles, y pasó sin pena ni gloria. Caminó, o quizá abonó el transporte público. Asentó puntual en su puesto de trabajo en el Registro Estatal Central. El REC afincaba en un inmueble sin edad, mastodóntico, blanco entre desconchones, con puertas de cristal manoseado y ventanas de perenne mugre.

En el edificio existían un total de trescientas dieciocho estancias con mostrador. Cada una albergaba una pareja de especialistas en resolver cuestiones relacionadas con las seiscientas setenta y dos competencias estatales que, tarde o temprano, sí o sí, en algún momento derivaban en un trámite que diligenciaba cualquiera de las seis millones cuatrocientas ochenta y nueve mil quinientas dos personas que componían el censo del lugar.

Atendió a ciudadanos sin cara, uno tras otro. Se sentaba, desde no sabía cuanto, en una de las dos sillas que había tras el mostrador de la Oficina Estatal de Fes de Vida, una de las trescientas dieciocho oficinas estatales que componían el REC. Según la estadística oficial, saludaba y recibía a diario al cincuenta por ciento de una media de dieciocho ciudadanos, de los cuales el sesenta y tres por ciento eran ciudadanos y el treinta y seis por ciento eran ciudadanas. Constaba un uno por ciento de casos en los que no se pudo verificar la condición del atendido o atendida. El cincuenta por ciento restante de los atendidos o atendidas o ni atendido ni atendida los saludaba la persona que se sentaba en la segunda silla del mostrador, que podría llamarse Ana Luisa.

Ambos, el cien por cien de los empleados de la Oficina, tenían la misión de certificar oficialmente que el solicitante estaba en posesión de las clásicas virtudes sociales y, además, respiraba. No era necesario que coleara. La Fe de Vida y Estado era el documento que acreditaba que una persona existía con cuerpo y alma, así como su estado civil de soltero, casado, viudo o divorciado.

La vida se atestiguaba por comparecencia del sujeto viviente o por acta notarial de presencia, y el estado de soltero, casado, viudo o divorciado, por declaración jurada, por afirmación solemne del propio sujeto o por acta de notoriedad. Resumido en palabras para el común: con que el solicitante presentara su Código Local de Identidad Personal (CLIP) compuesto por ocho cifras, el formulario de solicitud, las tasas abonadas en el banco estatal de turno y se dejara hacer una fotografía que certificara que en ese momento estaba vivo, el solicitante conseguía su fe.

Tener la fe de vida en orden era necesario para casi todo: comprar, vender, pagar, reclamar, subir, bajar, vivir, morir... En tiempos indefinidos, confusos, no era fácil certificar la condición de vivo. Y para eso estaba la Oficina. Para dar y quitar fes.

Por quincenas, les llegaba el reporte para la actualización, con los nacimientos y decesos registrados. Su compañera y él, de manera alterna, tecleaban los correspondientes códigos y certificaban la vida o pérdida de la misma.

Dada la cohabitación obligatoria durante todos los días de su vida, tiempo atrás quizá probara a hablar con Ana Luisa. Ante lo cual, la señora o señorita tal vez reaccionase con un 'cómo te llames' y un 'déjame en paz'. Conocía el nombre de Ana Luisa porque lo anunciaba ella misma en una etiqueta que lucía en el ojal izquierdo. Él no guardaba identificación y nunca se había preguntado por qué. El no hacía preguntas.

Probablemente, si se cruzaran por las calles, y Ana Luisa no portara 'chapita' nominal, le sería imposible reconocerla. Es posible que Ana Luisa siquiera tuviera rostro. Igual, ni existía.

Era un trabajador serio, comprometido, alejado del estigma. Cumplidor, esforzado, estudioso de lo suyo, un apasionado de los datos. Disfrutaba revoloteando sobre los números. Evitaba problemas. Nunca los buscó y quizá no los tuvo. Tan siquiera con el coordinador general, por más que entre ellos solo había desencuentros. Si el subalterno saludaba los buenos días, aquél no contestaba. Si apostaba a no saludar, el jefe caía por la oficina, manos cruzadas a la espalda, y balbuceaba sin destinatario aparente, con reproche, la ausencia de modales 'en esta oficina'. Así, siempre.

A decir verdad, el empleo le exigía poco. Por ratos, el ritmo de solicitantes decrecía hasta desaparecer. Cuando nadie necesitaba su fe de vida, Ana Luisa se agarraba a su teléfono listo y gritaba, sonreía, se enfadaba o lloraba a ritmo de dedos. Unas veces resbalaba el índice por la pantalla. Otras, usaba los dos pulgares para teclear en el móvil. Se hacía fotos a sí misma, a la grapadora, a las pelusas del corredor, a los gatos del callejón...

A él le faltaba vocación para lo telefónico. No recibía llamadas, desconocía todo sobre los juegos sociales y no tenía amigos ni redes para la pesca, de modo que en los muchos ocios aleteaba sobre su plan de transición tecnológica, una propuesta de mejora para el organismo estatal que guardaba polvos en su cajón desde no recordaba cuándo. Sus bocetos tenían como finalidad última el tránsito desde la edad de piedra a la era digital: ahorrar tiempo y dineros del ciudadano, atajar el aburrimiento de los burócratas, eficienciar los trámites, rentabilizar la institución.

A pesar de las exigencias, sentía vocación por lo suyo. Cada cambio de siglo clamaba por la atención de algún jefe en relación con sus ideas y proyectos. Constaban trescientos veintisiete superiores jerárquicos en el organigrama de la institución. Cuando la suerte le acompañaba, alguno de esos directores, directores ejecutivos, consejeros delegados, coordinadores generales o secundarios le aguantaban la mirada por unos segundos y le confirmaban que sí, que cualquier día tenemos que mirarlo. ¿Cómo te llamabas? Buena pinta. Y adiós.

Cuando siquiera le dedicaban un suspiro, cerraba el ajado cajón de sus diseños y dedicaba sus recreos al aburrimiento activo. El convenio colectivo laboral de todos los empleados del REC les concedía un número determinado de minutos al día para asuntos propios que él solía ocupar en ir al baño, realizar sus trámites biológicos, mirar al fondo de un inodoro blanco, saludar a la máquina de las bebidas, repasar el tablón sin anuncios y contar hasta cien antes de volver a su mostrador.

En días locos, consumidos los minutos propios, marcaba códigos locales de identidad personal, al azar, y curioseaba en las vidas de otros. Conocía todos los trucos del sistema y ningún supervisor le reprocharía el fisgoneo. Olisqueaba sin criterio, según el número que le venía a la cabeza. El diez. ¿Por qué, el diez? Si jugara loterías, siempre iría al diez. Norberto de nombre. Apellidos, Fulánez y Mengánez, como los del montón. Hijo de tal y de 'cuala', nacido en no sé dónde en la fecha de mil 'chopotocientos' diecimuchos. Edad de merecer y estado civil, pendiente de cambio. En cuanto encuentre al amor de su vida.

El merodeo nunca tenía objeto. Simple gasto de tiempo. Sin embargo, aquel día era verraco y los dedos le traicionaron. Sin voluntad ni conciencia tecleó su CLIP y descubrió con perplejidad su inconclusa ficha de ciudadano ejemplar.

Nombre: cómo te llames.
Edad: indefinida.
Estado Civil: no consta.
Fe de Vida: no retirada.
Fecha de expedición: hoy.

2

Comió sin sal. Tomó café solo, sin compañía ni leche. Bebió agua. Siguió el viaje de una araña desde el techo al suelo. Miró el reloj de pared todas las horas. Una tras otra hasta que pasaron ocho, o nueve.

Cayó la tarde y concluyó su tarea, en punto, ajeno al ruido de un atraco con arma blanca que se producía en la oficina contigua. El asaltante, desnudo de pies a cabeza, tenía como objetivo hacerse con los informes de una unidad secreta del gobierno donde se detallaban datos concretos, íntimos, secretos, pasados y futuros de la vida de todos y cada uno de los ciudadanos mayores de edad, del primero al último. Uno por uno.

Gritaba no sé qué sobre destinos, complots, engaños y mentiras mientras le retenían las fuerzas de seguridad del REC. Esposado hacia el manicomio, informó a los loqueros de que solo desvelaría la verdad, toda la verdad, al presidente del gobierno estatal en ejercicio. Entretanto solo trataría con una concreta, joven, guapa e inexperta psiquiatra que cumplía prácticas en un hospital de mala muerte tras eliminar de su expediente curricular los traumas de una infancia dura. Muy dura.

Al tiempo que sobrevenía lo anterior, él, ajeno al incidente, se despidió sin palabras de su compañera Ana Luisa. Había atendido a un total de nueve solicitantes de fes de vida. Había tosido en tres ocasiones, dos debido al reseco que provocaba el sistema de aireos. Contó dos moscas y la mencionada araña. Éstos son los datos que guardó del día, uno cualquiera en una semana que aspiraba a ser otra más de las semanas de su vida. Una vida sin más para un tipo sin fe de vida.

Anduvo las calles de la ciudad. Si le preguntaran, hubiera retratado su hábitat como un rompecabezas de edificios con piel de ladrillo rojo triste. Las casas y los barrios se amontonaban sin orden, los patios vivían sin flor. Hacia el cielo, ventanas abiertas con luces al azar. Antenas, tendederos, marcas del tiempo. Arropaba los pasos de la gente un ruido constante de aparatos de aire. Humo y vapores entre las luces de las casas. Hacia el suelo, las miradas se iban a las aceras estropeadas. Las avenidas, grandes, tendían al gris del asfalto, al negro de la suciedad sin solución. Vías bacheadas y estrechas, coches al montón en la línea de calle, cubos de basura. Mucha basura. No recordaba árboles ni parques en una descripción de su ciudad.

En el portal de su vivienda revisó el correo. No había cartas. Ni en singular. Carta. Jamás recibía. No cultivaba el género epistolar y tampoco debía ser buen conversador de ascensor. Dado que moraba una planta baja, evitaba cortesías. Apenas se cruzaba con vecinos. Si la mala suerte se cebaba con él, y un humano le encaraba, agachaba testa y emitía un sonido gutural propio de cualquier animal selvático. Suficiente.

Atravesó raudo un pasillo estrecho y repleto de cochambre, dejando atrás una escalera hacia los pisos superiores. En el punto de fuga se distinguía una puerta solitaria. La abrió y aposentó en casa. Al ser poco atento, no supo que le siguió los pasos hasta el felpudo del edificio un tipo enjuto, de pelo blanco y tez más blanca que el pelo.

Aflojó el nudo de la corbata. Bebió agua fría. Frió un huevo. Se descalzó. Se destrajó. Encendió un televisor de caja grande. No escuchó las noticias del día, las mismas de todos los días; del anterior, del siguiente, del último día. Muertes, desgobierno, fraudes, asesinatos, robos, incultura, goles. Atascos, vacaciones escolares, el inicio del curso, el final. Rupturas, desencuentros, distancias. Tecnologías. Peleas. El calvo de la lotería. Cambio de hora. Lluvias torrenciales, pertinaz sequía. Navidad. La subida del paro. Rebajas comerciales. Hambre. Desaceleración en la creación de empleo. Soledades. Las burbujas del espumoso. Más robos. Verano. Más desgobierno.

Tras su frugal cena, calentó una infusión insípida y la tomó. Bostezó. No sintió frío ni calor. En Farmington, que así debía llamarse la ciudad de sus días, no había estaciones. Ni ferroviarias ni climatológicas.

Miró el techo, un rato. Probó a silbar y no supo. Pasó por la limpieza bucal y se enfundó el uniforme de las noches en blanco. Y poco más. Todo discurría igual, siempre. Como su vida, pudo pensar. Pero no lo hizo. Él no pensaba, ni para bien ni para mal. No era, ni mucho menos, uno de esos tipos viejos con el espíritu machacado por sus cobardías, amarguras y arrepentimientos. No mantenía teorías y posiciones respecto de lo político, lo social, lo deportivo o lo filosófico. No refutaba, no defendía grandes ideales. No guardaba rencores ni pesadillas. Dormía bien, cuando su mosca otorgaba la venia.

Abrió la cama, estiró sábanas, calentó la almohada. Sintió algo parecido a una rebeldía contra el final. Antes de apagar la luz, tanteó algún gesto que pospusiera el cierre de otro día sin más.

Sentado en el catre escudriñó el piso. Su hogar era minúsculo, armado en tres o cuatro estancias sin garbo. Demasiadas. Paredes blancas, suelo sin pisadas, un par de ventanas antiguas que miraban a la nada. Una puerta grande desgastada por los usos y con la mirilla tuerta. Inservible. Nunca había nada que mirar ni nadie a quien recibir. Por fuera, el timbre quizá no funcionara. O sí.

El salón era amplio y, sin embargo, enclaustraba. El mobiliario podía ser la causa. Una alfombra con ácaros junto al portón de la entrada. Muebles viejos por doquier. Desocupados. Él no guardaba por si acaso. Nada, nunca. Un sofá para uno, una estantería con alguna figura amorfa, un dormitorio justo de medidas. Una cama estrecha, suficiente. Un armario ropero de dos puertas, sin espejo. No era de los que se miraba. Una cocina con dos fuegos, para qué más. Un frigorífico blanco de una puerta, poco espacio y mucha nieve apelmazada. Una mesa rectangular de seis asientos. Cinco de ellos, a estrenar. Un aseo con azulejos sencillos, una bañera sin historias y cortina de hule. Un cagadero limpio. Un bidé inmaculado.

Vivía sin sombras, con apenas luces, y buscó las que le protegían de la penumbra con la intención de apagar jornada, una menos. Cuando caía en brazos del adiós, oyó un ruido, un runrún fugaz procedente de la entrada. Rehizo la luz y reparó a lo lejos en un rimero de papeles rociados sobre el suelo, junto a la alfombra de la entrada.

Le tentó la idea de dejarlo estar. El montón que alguien deslizó bajo la puerta a deshoras era una anomalía. Se levantó con pesadez, por sus piernas cansadas sin causa aparente. Ignoraba sus juventudes pero no se sentía mayor. No tenía edad, así constaba en su fe de vida. Recogió los papeles para regalárselos a la bolsa de reciclar. No era dado a husmear pero le nació de la nada un súbito interés. Sintió. Podría ser curiosidad. Era curiosidad, sí.

Anuncios, anuncios, anuncios, recibos. Una cuartilla en blanco. Publicidad sobre implantes dentales. La factura de la luz. Más publicidad de implantes dentales. La factura del agua, promociones inmobiliarias en la costa. No conocía litorales. Ni ganas. Otra hoja en blanco, o quizá la misma de antes. La volteó. Error. No estaba en blanco. El reverso del anverso comunicaba un mensaje de siete palabras y dos exclamaciones que acabaría en la basura, como el día.

¡ENHORABUENA!
SERÁS EL PROTAGONISTA DE MI NOVELA

Más publicidad. La convocatoria oficial de la próxima reunión vecinal. La factura del teléfono fijo. Él no tenía teléfono fijo. Propaganda del partido popular obrero contra la caza y la pesca. O a favor de la caza y la pesca. Él no votaba. Ofertas de colchones y mudanzas, promociones para reformas integrales, la factura de la vida. Él no vivía. Anuncios, anuncios, anuncios. Apiló el montón, y a la papelera. A continuación, apagó el día.

3

Amaneció. Respiró. Trabajó. Pasó las horas. Compró pan y cebolla. Su tienda de barrio rebosaba luz blanca, padres con carritos de la compra, abuelas con cestas y tiempo, estanterías infinitas, cartelería con ofertas de jamones, detergente, toallas para bebés, solomillo para perros... Mercadeó con método, siguiendo la lista que mantenía en una tablilla a su frigorífico pegada. Galletas, pan de molde, salchichas, estropajos, mondadientes. Leche frita y desgraciada. Aceite sin oliva. Filetes de pollo sin alitas, huevos duros, cervezas sin alcohol y papel del culo sin dolor.

No se detenía, nunca. No deambulaba sin rumbo, no compraba por si acaso. Aguardó turno en la fila para los pagos y se entretuvo mirando fotografías en lista de los empleados brillantes en el mes corriente: la mejor carnicera, el reponedor más valorado por la clientela, un gran pescadero... ¿Querría él otra vida? Si alguien le hubiera preguntado, la respuesta hubiera sido negativa. Siempre había aceptado la suya, su vida. No se sentía un tipo raro. Su presente era normal, no evocaba pasados. Pudo tener engaños y desengaños, errores, pérdidas... El mundo le era un cajón de grandes certezas. Sabía lo que necesitaba. Tenía casa, un trabajo estable, curiosidad por los números y los datos, un cierto vicio por la tortilla de patatas y el agua mineral de las montañas... No se asustaba, no se emocionaba, no sufría estreses ni ambiciones. Existía sin libertad ni abismos. Ése era su éxito. Cualquier día le escribirían un epitafio de tres palabras. Para qué más.

VIVIÓ EN PAZ

Amagó un saludo al cajero. No hubo respuesta. Nada. Cero. Agarra producto, marca producto, suelta producto. Revisa la cuenta, dale a cobrar. Cobra. Siguiente. Ni un gesto amable, ni una palabra de más. Movimientos mecánicos. Ni un cruce de miradas. Ni una sonrisa, o un gruñido, una queja por la injusticia de los turnos de doce horas en caja, algo que provocara empatía, o antipatía. Nada. El empleado automatizaba. Deshumanizaba. Siendo así, todo seguiría igual cuando sustituyeran la carne y los huesos por titanio y circuitos electrónicos. No estaba lejos el día en el que el humano, por naturaleza sindicalista, contador de horas, asalariado, fuera reemplazado por una inteligencia superior creada por el propio humano para caída en desgracia de sí mismo. Llegas al supermercado, trincas tu café, pagas al humanoide, te sonríe, te ayuda a cargar, te regala una bolsa responsable con el medio ambiente, desea un feliz día a todos y todas y se desconecta sin dolor cuando ha pasado el cliente de último minuto. Todo lo anterior pudo pensar mientras encaraba el pago de sus viandas, o en el camino a casa. No lo hizo. Es necesario realzar que él no pensaba.

Depositó las compras en los estantes de su hogar blanco. Los frescos, en el frigo. Las galletas sin sabor, en la alacena. No había comprado café. Error. Olvido. Tendría que volver al supermercado. Necesitaba café, y no quería salir de casa.

A través de las ventanas de ojal doble, abiertas de par en par, buscó la vida al otro lado de su piso bajo. La calle era de andén estrecho y remataba enfrente con solares sin vida. Muchos carteles publicitarios. Además, una farola rota, un par de obreros sin tarea aparente. Coches que iban. Ruido. Y el silencio que se hacía al cerrar. Silencio, sintió que era una bonita palabra, mientras volvía a lo suyo, que era otro día más de sus días blancos, éste sin café. Olía a lluvia, pero él no sabía a qué huele la lluvia. Si diluviaba tendría excusa para posponer el olvido. Ya vestía pijama, y no era dado a esfuerzos o imprevistos.

Sintió. Aquel día raro le había dado por sentir. No sintió en el sentido de oír. No percibió, no notó. Por supuesto, no lamentó ni padeció. Sí experimentó sensaciones, estímulos inéditos hasta la fecha. Durante unos segundos, no mucho más. Lo suficiente para sentir sin pensar en ello. Sentía blancos distintos. Quizá en las paredes, por efecto de la luz. O en la madera vieja, reluciente sin causa. Su hogar se movía con timidez. Algo no estaba en el lugar acostumbrado.

Le invadió una ventolera procedente de la calle a través de las ventanas y acudió a cerrar. Justo cuando agarraba el pestillo, una mano negra golpeó el cristal desde fuera. Pudo sentir miedo, o valentía, pero ambos le eran desconocidos. La mano contraria se mantuvo fija unos segundos. Él planteó una respuesta defensiva pero se frenó a tiempo y permitió que la mano negra, tras la que había un cuerpo que no llegó a ver, afirmara al cristal un papel con mensaje a letras rojas y mala caligrafía. Mala, pero legible.

Amagó con retroceder. Casi a la vez abrió la ventana para apresar el papel blanco de letras rojas. Lo arrancó y lo puso a resguardo del aire callejero. Cerrajeó la ventana para evitar nuevos ataques del exterior. Pegó el mensaje a la puerta blanca del frigorífico. Era exclamativo. Siete palabras, dos signos ortográficos. Otra vez. El mismo papel blanco a dos caras que encontró en el suelo la noche anterior. Dos, en menos de un suspiro. Del primero recordaba algo sobre novelas, protagonistas y felicidades. La literalidad del segundo era la siguiente.

¡DI QUE SÍ Y SERÁS EL HÉROE!

4

Se asomó a la calle y buscó al autor del telegrama. Lo cazó cuando se colaba en el bar de enfrente. No había un bar en las narices de su edificio. De ningún modo. Desde nunca jamás. Su ínfima memoria registraba carteles raídos de venta o alquiler de inmuebles, anuncios caducos de conciertos musicales y propaganda de algún político trasnochado. Solares sin vida, faroles rotos, aceras estrechas. Todos habían perdido protagonismo en favor de un café.

El bar se escondía de la calle con un letrero de luces en neón rojo sobre una cristalera enorme: Thinking Square, NY. Allí no había ninguna plaza. Y Farmington, por mucho que insistiera, no era Manhattan. Compartían afición por los contenedores, los paseos estrechos, los bancos de asiento ocupados por la indigencia. Además de largas listas de frustración, cansancios, melodías y ruidos. En eso, la ciudad se miraba en la manzana, cierto, pero sin los hechizos y las cantinelas que entona la otra. Desde que los indios eran sus indios.

Armó arrestos y salió de casa con paso vacilante. Cruzó la calle sin mirar. Hubiera visto, apostado tras la esquina, a un tipo escuálido, de pelo y cara blancos que le marcaba sombra desde el primer amanecer. Se adentró en el local. El rojo mandaba en las sillas alineadas sobre una barra larga y también roja. El mismo color definía las mesas dispersas, desordenadas por estilos: clásico, industrial, ecléctico, moderno, rústico, nórdico, marinero, sin estilo. El local estaba vacío. Casi vacío. Un camarero faenaba entre canciones de Dire Straits. Entró hasta la frontera, una catenaria que hacía de recepción y anunciaba el límite para los mortales. Aguarde aquí hasta ser atendido. No se adentre, bajo ningún concepto. Estese quieto o le azuzamos a los mastines.

Respetó la orden unos minutos y alzó el dedo para llamar la atención. Sin suerte. Subió la bestialidad de sus aspavientos. Sin éxito. Un minuto tras otro. Siglos después, el mozo pareció verle y se le acercó desde el otro lado de la cuerda.

—¿Qué se le ofrece? —preguntó.

Fue a hablar y le retumbó el tren superior de su cuerpo, desde el cerebelo a la tráquea. Balbuceó sin control al tiempo que espasmaba. Aguantó un vómito y, en su lugar, escupió una palabra, la primera.

—Papá.

¿Papá? 'Papá', con tilde. No papa. No patata recortada. Papá, como diminutivo de padre. El sonido le dejó un picor en la garganta, una especie de carraspera sonora y desagradable. Además, sed.

—¿Qué va a tomar?

—¿Ag...ua? —fue su segunda palabra.

—¿Tiene reserva?

—No... no —el lugar no existía en la mañana. Quiso explicaciones, pero el verbo no le fluía. Así que no pudo pedirlas.

—Si no tiene reserva, no le puedo ofrecer mesa. Puede consumir en la barra. En doce minutos, tiempo máximo.

—Vaaaaaaaa...cío —contraatacó.

—No está vacío.

— ...

—¿Y bien? Está molestando a los clientes.

—¿Cllll.....nts? —apenas verbalizaba.

—Oigame. Si quiere algo, durante un máximo de once minutos, le puedo ofrecer un asiento en barra. El tiempo se le acaba.

—Sí, amigo. El tiempo se te acaba —entrometió una tercera voz.

La frase le llegó junto a una llamada de atención con el dedo, desde la barra. Tras el dedo había una mano negra, tan negra como la que había empapelado su ventana con aquellas exclamaciones y sus correspondientes siete palabras. Tras la mano había un brazo, también negro. Y adjunto al brazo, macizo, había un rostro, ambos negros.

Se acercó a la barra y al rostro. En él había unos ojos grandes, rasgados. Y unos labios enormes, blanqueados por una hilera de dientes perfectos. La cara negra se ocultaba en parte tras un gorro de lana rojo, como el lugar. Repetía un gesto mecánico y constante, un pestañeo a dos ojos al que siempre seguía una sonrisa gigante. Así, cada diez o quince segundos. Bajo la mollera había un cuerpo grande, oculto tras ropa ancha. El cuerpo, correspondiente a un ser humano, acababa de atentar contra su hogar. Al final, había encontrado un motivo para sentarse en la barra contra el reloj.

Ocupó butaca junto al individuo e intentó preguntar sobre la profanación de hogares ajenos con mensajes basura. De hecho, ansiaba disertar sobre la nula eficacia de la publicidad intrusa y agresiva, en tiempos como los tales de tanta saturación de anuncios. Pero le costaba articular palabras. Se esforzó.

—¿Elefante, gafas de sol, 'llaverito', pañuelos?

—No gasto, gracias. Véndeme un pijama hortera. Como el tuyo —dijo el sujeto, lo que le dio ocasión de auscultarse la indumentaria propia.

No le salían las palabras. Buscó cara de pedir perdón por partida doble: por el traje de dormir y por la baratija racista. Imposible. No consiguía articular la petición.

—¿Entonces? —dijo el otro.

—Entonces...

—Te estoy haciendo una oferta que no podrás rechazar.

La frase le salió rasgada en el tono al individuo. Ronca, con un ligero deje italiano. A él, la sentencia le sonó extraña. Desconocía casi todo sobre idiomas, aún. Y tuvo la sensación de que el control de sus ritmos se le escapaba. Oyó las notas serenas y amenazantes de una flauta dulce. El soniquete le resultó familiar. Buscó el hilo musical del bar, pero el ambiente del lugar seguía atronando la guitarra de Mark Knopffler. El sonido flautado y melancólico lo emitía su mente. Sólo para él. La melodía fue efímera. Apenas tuvo tiempo de recrearse en el acorde...

LA RE FA MI RE FA RE MI RE

—Es sencillo y directo —dijo el sujeto, recuperado ya un tono de voz normal tras su homenaje a Puzo y Coppola—. Soy el escritor de una novela y tú eres el personaje protagonista.

—¿Escritor?

—No soy escritor. Soy el escritor de tus aventuras —y enfatizó el determinante posesivo plural de segunda persona del singular.

—No, no... No.

—Necesitamos palabras y un intercambio fluido de ideas. Déjame probar algo. Hágase...

Improvisó la misma mano que había empapelado su ventana y le cacheteó el moflete. Fue algo indoloro, un coscorrón infantil. Sintió, como si fuera la primera vez que alguien le tocaba. Notó lo amistoso del gesto. Y su utilidad, puesto que descorchó el tapón que aprisionaba sus cuerdas vocales, campanilla, lengua, paladar y labios.

—...Y háblese —dijo el escritor.

Atendió el consejo y probó a vocalizar como cual cantante de verbena ante el micrófono. Sí. Sí. Sí. Hola. Baratija. Berenjena. Bien. Bien. Bolardo. Batata. Benito Pérez Galdós. Sí. Sí. Entonces, las palabras fluyeron y la conversación mejoró sustancialmente. Así lo expresaría más tarde el literato. Sustancialmente.

—¿Tengo cara de necesitar aventuras? —preguntó el protagonista, articulando por primera vez seis palabras en una frase interrogativa con sujeto tácito, verbo, complemento directo y una subordinada.

—No tienes cara. De nada. Estás hueco. No existes. Sin mí, eres un 'don nadie' con las ocho letras en minúscula.

—Y tú eres negro. No hay escritores negros.

—Toni Morrison.

—Encantado.

—Toni Morrison. Negra. Mujer. Escritora. Premio Nobel, premio Pulitzer. Chester Hime, Maryse Condé, Nelson Mandela. Grandes escritores negros. Como el tizón. Magos de la palabra.

—¿Fantasma? —la expresión le salió sin voluntad.

—Necesitamos neuronas para esto que tienes entre ceja y ceja —dijo, y le golpeó la frente con su dedo índice—. Dí que sí, y punto.

—¿Sí, qué?

—Sí. Sí. Sí. Seré el héroe de tu puñetera novela. Dilo. Tu tren vuela.

No hubo tiempo a más en los diez minutos y treinta y seis segundos que duró la charla. Un gentío apareció entre los rojos del local y llenó de bullicio el sitio. Afloraron señores trajeados en oriental que hacían las veces de mozos. Portaban platos de pulpo a la brasa, copas de champán rosa y tartas de kiwi marinado.

En el caos, nadie reparó en la persona que había decidido usar el cordón de la catenaria como arma y el aseo de caballeros como escenario de su propio ahorcamiento, presunto. Se desconoce si tuvo éxito, dado que el local, si encontró tieso al sujeto, silenció el suceso. Mientras, el escritor había desaparecido sin dejar más rastro que la factura que le entregó el camarero y que pagó sin escote. Un refresco y una tapa de aire más los gastos de gestión del taburete, unas aceitunas que nunca existieron y la propina voluntaria. ¿Total? Una fortuna.

5

Al amanecer, en otro más de sus días blancos, sintió una brisa. Fue apenas un susurro frío, fresco, hubiera matizado, si le hubieran preguntado. Fresco y remoto, como las sábanas de seda en las que se vio envuelto al desperezo. Comprobó y la ventana estaba bien cerrada. De nuevo, sintió. Sentir le hizo sentir raro. Claro, jamás había sentido. Aún en la cama, tras la brisa, notó algo bajo la almohada. Al tacto encontró una pistola. Negra, pesada, con su tambor y sus balas. Se incorporó y tiró a la basura el arma.

El espacio de su hogar lo ocupaba un resplandor ignoto. A la primera mirada, se encontró en un apartamento diáfano, sin paredes ni habitaciones estériles. Rebosaba luz. Quizá la claridad conviviera con él desde siempre, pero ese día la sintió. Llenaba un salón amplio con ventanales hacia la calle, una cocina abierta al mundo desde una isla con fregadero y todos los útiles necesarios para 'chefear' una cena romántica; una mesa rectangular alta y un par de taburetes, una columna de madera en mitad del piso que aportaba poco, salvo su toque rústico; sobre la pared más amplia, un cuadro gigante con dibujos de niños y mensajes en francés. La puerta de entrada había mutado al lila, violeta, malva... Al color de las flores lavanda. Ése.

Buscó su mosca, por arrancar con guion conocido otra jornada irrelevante. El bicho había desaparecido. Eligió la misma ropa de todos los días de su vida. Ajustó la corbata. Lustró los zapatos, sin éxito. Revisó el teléfono. Tenía un mensaje 'monopalabrico'.

MOSCOSO

Al mismo, le siguió un segundo mensaje, de dos palabras.

ESTANTERÍA. DICCIONARIO

Oteó un estante olvidado sobre la pared de la entrada. Allí, entre figuras de cerámica vieja, reposaba un libro solitario que guardaba todas las palabras, una vieja edición del diccionario ITER Sopena. Buscó en la eme. Moscoso. Día de permiso de libre disposición que al que tienen derecho determinados colectivos laborales.

COMPUTADORA

Accedió al sistema informático de la Oficina Estatal de Fes de Vida a través de un ordenador del pleistoceno que se arrinconaba entre polvos. Cuando la máquina funcionó, introdujo su número de usuario junto a la clave correspondiente y accedió a su zona de trabajo. En vano. No consiguió avanzar con los formularios de peticiones urgentes. La solicitud de días libres por la cara, moscosos, debía ser presencial, según leyó en el Reglamento de Solicitudes del Registro Estatal Central. La naturaleza así como la disposición de moscosos estaban regladas, a su vez, por el Código Oficial de Moscosos, de trescientas doce páginas y solo disponible en versión física, de papel.

Al salir a la calle tras una ducha fría, un café caliente y pan con aceite, sintió que le poseía un furor ajeno. Le atacaron las prisas, el corazón aceleraba por libre. Sentía cargas distintas a las usuales. Una mochila de cuero marrón desgastado. La llevaba al hombro sin saber desde cuándo. El complemento no le disgustó.

Se recreó sobre la palabra: 'moscoso'. Le divertía su sonoridad. Quiso hacer un chiste sobre niños y mocos, pero se rió tan mal que sintió no debía. Su risa fue artrítica, atascada. Él no reía ni sonreía. Nunca. No tenía necesidad ni motivo.

En el tránsito hasta el trabajo le llegó lo que él entendió como una sugerencia impertinente. Un burro se acercaba al trote con sus alforjas de esparto llenas de garrafas de 'vinochorro' bueno, bonito, barato. Con su anciano a lomos pregonando parsimonioso. La voz del hombre era dulce como el licor de uvas, pero atronaba. El animal obedeció la orden del caballero andante, se paró frente a él, giró la cabeza y le miró. Creyó por un momento que le hablaría: '¿Subes?' No fue el caso, así que dejó pasar al animal hasta que éste se perdió tras el cruce más cercano. Entonces, caminó hacia la Oficina.

Se plantó en el REC en un soplo. Debía ir mirando pájaros, o buscando burros, y no se fijó en la persecución protagonizada por dos vehículos con atropello de mesas, sillas y estantes de fruta que alteró el paisaje, en una de las confluencias más célebres de la ciudad, justo quince segundos después de que él la atravesara.

El Código Oficial de Moscosos se guardaba en una habitación llena de códigos, apilados en estanterías por orden alfabético. El documento, con sus respectivas infinitas páginas, establecía una antelación mínima de dos meses para solicitar un moscoso, salvo circunstancias urgentes, en cuyo caso el solicitante rellenaba el formulario ochocientos treinta y cinco, lo entregaba en su oficina y disfrutaba del moscoso en cuestión. Dicho y hecho.

Rellenó, firmó y salió en pos de su habitual lugar de trabajo, ajeno al ruido que provocaban en una dependencia contigua unos tipos que se estaban apropiando, indebidamente, de la documentación que certificaba los pufos fiscales de los diez empresarios más peligrosos del planeta.

Indiferente a todo lo anterior, reparó en la Oficina Estatal de Fes de Vida y apenas la reconoció. Sintió que había mudado de aspecto. La empapelaba algún andamio y muchas telas para esconder paredes. Iba camino de fingirse un lugar amable.

Amagó la entrega del documento a su compañera. Ana Luisa estaba furiosa y tenía al alcance de la mano varias armas contundentes. Contra una mesa vacía de objetos, la suya, la de su compañera disponía de grapadora grande, un vaso publicitario de la Casera con útiles para escritura, archivador de papeles, un calendario laboral, marcos de fotos antiguas, un teléfono negro, una chumbera de plástico, un neceser amarillo con publicidad de líneas aéreas. Muchos de los objetos eran dañinos al contacto violento con el cuerpo humano.

Por fortuna, cundió la sensatez dentro de la furia y Ana Luisa optó por el insulto verbal. No había ninguna posibilidad de que ella atendiera al cincuenta por ciento de solicitudes que no le correspondía atender, por mucho moscoso de las narices al que tengas derecho, cómo te llames, tú. Bajo ningún concepto, dijo. Egoísta, que eres un egoísta.

Frente al mostrador que él ocupaba todos los días de su vida se agolpaba una fila de dos o tres de solicitantes. No debían ser conscientes de las circunstancias, ni nadie tenía intención de informarles del sucedido, así que esperaban su turno de manera cívica y silenciosa.

Le atacó una valentía extraña, empujándolo a informar a la ciudadanía de la triste y repentina muerte del otro empleado que solía atender las solicitudes. Algo súbito, explicó. Demasiado cruel, lindando lo morboso. No podía revelar más, por expreso deseo de la familia. Dado que Ana Luisa, por imperativo legal, sólo puede atender al día un total de diecinueve solicitudes, les tengo que pedir que formulen sus requerimientos en otra jornada menos triste. Gracias a Ana Luisa por mantenerse en el puesto en un día tan negro para todos los que trabajamos en el REC. Y gracias por su comprensión, amables conciudadanos.

Quizá solo imaginó tal discurso. Y no verbalizó. Si fue real, también fue inútil, puesto que no le prestaron el más mínimo caso. Ni uno solo dispersó. Todos guardaron turno en su fila.

Ya salía por la puerta de la oficina cuando vio que su compañera se dirigía a los solicitantes para informarles correctamente. Como nadie es imprescindible, y menos el cuentista sinvergüenza que ocupa la silla habitualmente, le oyó decir, si desean mantenerse firmes en sus solicitudes, les puedo confirmar que el Registro procederá en unos minutos a reemplazar al ausente por otro empleado cualquiera, infinitamente más resolutivo, que procederá a dar fe de sus vida en curso.

6

Aceleró el paso para montar, sobre el reloj, en la parte de atrás del tranvía. No pagó el billete. No sabía cómo hacer, ya que hasta el día anterior no circulaban tranvías en Farmington. Los viajeros compartían silencios, ensimismados en sus respectivos espíritus. Se sentó en una plaza libre. Fila dos, asiento tres. El vagón era viejo tirando a cochambroso. De color amarillo y hierro. Destartalado, ruidoso. Lento. Abierto. Una campana anticipaba las paradas. Disfrutó del aire hasta que se supo señalado.

—Tú. El de la fila dos, asiento tres. Es tu parada. Fuera. Largo.

Saltó del vehículo a la amable señal del maquinista. No se ha dicho antes, y se debió decir, que el moscoso tenía como fin último que el protagonista dedicara el día a aprender algo sobre novelas y escritores. Claro está que hubo que guiarle los pasos. En su hogar no había libros, era un espacio libre de historias. No le molestaban, pero no tuvieron hueco, nunca, en su orden vital. Formaba parte de ese setenta por ciento de la población que, según las estadísticas oficiales, no leía nada. Ni el prospecto de las medicinas. Nunca.

Recompuso modales tras el abandono precipitado del transporte público decimonónico y exploró el entorno. Aunque él no olía, las calles olían a barrio. Locales, tiendas, bares, farmacias, más bares, locutorios telefónicos, negocios de todo a cien, ultramarinos, mercerías, droguerías... Le sonó un mensaje telefónico.

LIBRERÍA

Librería. A sus pies, una librería. Sin pensar, la adentró. La tienda era estrecha en su bienvenida, pero rebosaba ejemplares nuevos y viejos en desorden perfecto.

Tras el mostrador atendía el señor Cristobal. Sesenta años sin un día de baja laboral, dijo, desde que era un crío. Le acompañó por una escalera camuflada al sótano. Allí guardaba sus mejores libros. Los había clasificados por temas, en estanterías completas, y los había por el suelo, apilados en armonía. Los había encima de una mesa y encima de sillas en tamaño colegio infantil. Unos formaban de pie y otros tumbados, en columnas perfectas. Los había de bolsillo, en tapa dura, en edición de lujo... Los libros tenían el poder en aquel lugar. Rodeaban al lector.

—Siéntese, no tengamos prisas —dijo el librero.

—En realidad, no sé qué hago en su librería, don Cristobal.

—Busca su historia. Como todos.

Cristobal habló de libros y de libreros, de editoriales y de escritores. De escrituras, de egos y famas. De los cuentos que tenía, tiene y tendrá 'esto de la literatura', dijo. Todo y a todos los conocía por lo que le enseñó su padre y por lo que aprendió para sus hijos.

Sobrevivía para los libros. Y para los lectores ganados a pulso que no dejaban de visitarle en su librería de Arapiles. Alguien tiene que echarles un capote en tiempos de duda o se perderán para la lectura. Buenos libros y buenos lectores. Es lo único que importa en nuestro negocio. No lo olvide. No disperse. El resto es accesorio, declaró.

—¿Cuál me recomienda? —dijo, perdido entre tanto ejemplar.

—Si me permite el consejo, escuche antes de leer. Sienta los libros. Aprenda a quererlos. Entiéndalos. Luego, le sugiero que ataque a Dumas. Pero hay muchos más.

Pagó la consulta y las lecciones con una promesa de vuelta, pero el comerciante enmendó su idea.

—Haga algo mejor, joven. Protagonice buenas novelas. Estaremos encantados de venderlas.

En la puerta de la librería, don Cristobal le señaló una dirección. Un silbido después se vio frente a lo que parecía un santuario. Sus tránsitos eran ágiles, casi inexistentes, pero no se detuvo a pensar sobre ello.

El edificio era clásico. Saludaba al visitante con columnata jónica y dos leonas de piedra a norte y sur. Se presentaba en el frontón.

BIBLIOTECA PÚBLICA

Traspasó la entrada con pudor y se registró como visitante. Asombró ante la pompa de la antesala y fue directo al salón de lectura. La estancia simulaba la nave central de una iglesia. Se distribuía en filas infinitas de estantes por pares, con un pasillo en medio que se perdía en el horizonte. Caía la luz en diagonal desde ventanales altos figurando claros y oscuros. En los primeros, se dejaba ver el polvo de siglos y siglos de letras. De cuando en cuando, los estantes cedían su lugar a capillas con pupitres en madera tallados de antiguo y sillas duras, solo aptas para el estudioso tenaz y concentrado. El silencio era norma entre los lectores, pocos y desperdigados en la inmensidad.

Los sentidos le guiaban. Palpó, pero no podía leer y entender. Había sentido, y cuando estuvo en la biblioteca se recreó sobre ello. Atendió el consejo de don Cristobal y sintió que los libros le hablaban.

No recordaba el último que tuvo entre manos, la última vez que pasó las páginas de un cuento. Vagó entre oraciones. Veía las palabras, las frases, párrafos enteros, más o menos largos. Pero no agarraba su significado. Recorrió la biblioteca en alfabeto. Acarició los lomos de tomos viejos incrustados en las estanterías por años. O siglos. Los había a miles, quizá. Cientos, miles, algún millón de libros. Más. Cada ejemplar tenía una madre o un padre. Alguien que había dedicado vida a escribir y publicar. Todos los libros de la inmensa estancia eran fruto de un esfuerzo anónimo o reconocido, como los hombres. Los libros y las personas se parecían en su irrelevancia. La mayoría. ¿Eran necesarios, todos?, se preguntó, y no tenía respuesta.

A decir verdad, tan solo unos pocos eran importantes en la maraña de la existencia. Los demás esperaban que el azar les acariciara y un lector les diera aire, al menos durante un momento, el que podían dedicar las personas a hojear y, quizá, solo quizá, decidirse. No se tenía por paciente, o al menos no lo suficiente como para zambullirse en una historia ajena y vivirla hasta el final. Y la propia, su historia, ni se la planteaba. Así que de historias y héroes, nada de nada. Los libros implicaban demasiado para participar de uno de ellos, pudo pensar. Claro que, como ya se ha escrito, él jamás pensaba.

7

Paseó sin orden, jugueteó con algún ejemplar hasta que los libros le agotaron y se rindió ante la biblioteca. Respiró aire libre al salir del clásico edificio. Sentado a horcajadas en la escalinata clásica de acceso al templo le esperaba el escritor.

—¿Me espías? —preguntó.

—Sé donde estás, siempre. Soy el escritor.

—¿Me manejas a tu voluntad?

—De acuerdo, te he seguido.

Aposentó en los escalones. Las calles hervían vida, gentes en tránsito hacia sus cosas: coches, autobuses, tranvía. Motos, bicicletas, monopatines, patines eléctricos, patines de propulsión a chorro... Recordó al burro ambulante y el escritor se justificó.

La presencia del animal y su jinete eran un desliz de novelista novel, dijo. Podría escudarme en una prolepsis o presentarlo como anacronía. No lo haré. Es un pasaje escrito donde no debía, no anticipa nada relevante. Creo. Se trata de un buen puñado de frases que, seguramente, irán a la basura tras el primer borrador. Presentó disculpas y él las aceptó. No le quedaba otra. No iba a intentar entender por qué le había mirado a la cara un jamelgo sólo y exclusivamente por una torpeza de dramaturgo. Prescindió de retórica, animales y cuentos.

—¿Moscoso?

—Sí, me encanta la palabra. Es sonora, diverti-
da. Anticuada.

—¿Por qué he pasado el tal moscoso en una biblioteca?

—Necesitas hacerte amigo de los libros —dijo.

—¿Y por qué no siento dicha necesidad?

—Hasta ahora no has tenido miedos ni dudas.

—¿Qué aportarán los libros a mis futuribles
temores, suponiendo que los hubiere?

—'Futurible' es voz de periodista. Tienes sangre de cronista futbolero —dijo.

—Al grano. Los libros...

—Siempre, incluso en la peor de las situaciones, un libro te brinda opciones: para huir, para pensar, para saber —Hizo una pausa dramática y repitió
con subrayador—. Huir, pensar, saber.

Admitía el toque teatral de la concatenación en
verbos, pero él no había necesitado pensar para llevar
su vida hasta el momento. De hecho, prefería no plan-
tearse eso de pensar, así en genérico. Jamás había
sentido miedos, era incapaz de leer, más allá de las fes
de vida. Y no guardaba en su agenda una huida a corto
plazo hacia ningún lado ni algún tiempo distinto. Sus
cuestiones, en ese momento, eran más puntuales. Saber. Sí. Necesitaba saber sobre asuntos varios.

—¿Dónde está Arapiles?

—Ni idea.

—¿Por qué siento la necesidad de preguntar,
tanto?

—Preguntar será tu oficio, tu virtud. Preguntarte. Responder. Responderte.

—¿Por qué me siento acelerado?

—Se llama ritmo, amigo. El ritmo lo es todo. O espabilas, o no te leen. Si no has enganchado al lector en diez páginas, estás muerto. En dos capítulos, a lo sumo, tienes que liarla, robar la joya de la corona, matar a alguien con mucha sangre o presentar un mundo apocalíptico. Necesitamos lectura fácil. Eso, o te archivan. Y vuelta a tu ninguneo.

—La vida no es tan acelerada.

—Los libros, hoy, sí. El tiempo del lector es ínfimo y aún así, te regala una parte. No se lo hagas perder con chorradas. De hecho, vamos tarde. Ya debimos detonar el incidente que pone en marcha la trama. Aún no hemos desenterrado un cadáver, ni ha reventado la cabeza de alguien. Un lector impaciente nos habrá abandonado a estas alturas.

Lo había intentado con varias fórmulas con reconocida eficacia, explicó. No conseguía nada bueno. La pluma solo esputaba tópicos: persecuciones de coche con atropello callejero, atracos a punta de pistola, intento fallido de ahorcamiento más o menos voluntario con el Thinking como escenario, perturbados desnudos que saben la verdad del mundo pero solo se la contarían al jefe de Estado, o robo de documentación ultra secreta que implicaba a malos, malísimos. Como conflictos de inicio no están mal, pero quiero algo distinto, más cercano a mi estilo y mi personaje principal. A ti, dijo. Y en ello estaba.

Arrancaron paseo por la ciudad. Farmington había oscurecido. Se desconectó de los soliloquios de su poeta. En su memoria, la noche saludaba mientras él iba camino del catre. No la vivía, no le atraía. No conocía las luces de gas que coloreaban de amarillo el paso de los pocos paseantes. Tampoco alternaba lo urbano. Aún así supo que todo había cambiado.

Las calles eran de piedra, los muros quemaban al tacto. La perfección del horizonte la rompían varias palmeras y otros árboles de colores. La luna presidía en su esplendor. Al mirar hacia el cielo se encontró con una gran torre de una gran iglesia. Sonaron unas campanadas sin origen. Buscándolas, se fijó en unas columnas mutiladas que ocupaban el teórico espacio de la otra torre eclesial, que no existía. Como él. Dieron las doce o la una, que no contó ni tenía reloj. Atronaron los graznidos de unas gaviotas que anunciaban mar cercano. Algún claxon lejano. Alguien cantando jondo 'a capella'. La campanita que predicaba el paso del siguiente tranvía. Unas risas sin dueño. Más gaviotas perdidas en la noche. Ya no estaba en Farmington.

—Vives en el sur —dijo el escritor, que adivinaba sus palabras.

—¿Cuál sur?

—Donde quiera que estés, amigo, siempre podrás mirar al sur. El sur es el mejor escenario para las leyendas.

—¿Y Farmington? —preguntó, sin pensar en que el otro le leía la mente.

—Ya no existe. Y aunque existiera, Farmington está al sur de algún norte.

—Oye... Tú. Como te llames... ¿No tienes nombre?

Cruzaban una calle oscura. El lugar perfecto para una pausa narrativa, para dedicar las líneas a otear el escenario. Y para que un personaje encontrara una respuesta misteriosa a la pregunta del protagonista.

—Soy el escritor. El problema lo tienes tú.

Se detuvo y miró a los ojos de su adlátere, lo único que se le distinguía en la noche. Voilà. La bomba. Le cayó el mundo encima como un ladrillo del quince. El golpe resonó en sus entrañas y le transportó al REC. Su fe de vida no fallaba. Vacía, sin personalidad. Sin completar ni estrenar. El problema lo tienes tú. Pleno al quince. Quiso replicar y supo que no podía. No guardaba pasados, anécdotas, una línea de tiempo. En verdad era un señor don nadie con todas las letras. Sin nombre ni apellidos. Ni una triste forma de ser citado.

Y eso que había nombres para todo. Largos, cortos. Comunes, originales. Abstractos, nuevos, viejos, propios, heredados. Tan solo el cero coma dieciséis por ciento de los expedientes anuales de la Oficina correspondían a solicitudes para cambio de antropónimo. Las presentaban hijos apóstatas, extranjeros con apellido impronunciable y, más habitual, solicitantes de cambio de sexo. Ninguno de los anteriores era su caso. Él no sabía cómo se llamaba. Perdón. Sí lo sabía. No tenía nombre.

—La suerte es que puedes elegir —dijo el escritor, propenso a adelantarse a sus cuestiones, dado el talento que había exhibido para anticipar acciones y palabras por decir.

—¿No es derecho y obligación de los creadores bautizar a sus personajes?

—Se aceptan sugerencias siempre que sean coherentes con el relato. Nada de Pepe Pérez o Rick Starks. Recuerda que estamos en el sur, y no en Torshavn, Chiang Mai o Nantucket, condado de Massachusetts.

Con rapidez pasó de la incredulidad de su propia inexistencia a la ilusión que le brindaba la posibilidad de elegir. El escritor le descartó algunas buenas ideas, por ser propiedad intelectual y moral de otros, como Gurb, Aureliano Buendía, Sydney Orr, Lorenzo Quart, Kaspar Klauser-Roïst, Capitán Nemo, don Pedro de Buenaventura... Miró a su alrededor buscando inspiración y solo le vinieron a la mente posibilidades como Luna, Eduviges, Delfín, Yumalai, Ramona, Nicasio y Nathaniel.

—¿Te molestaría si me llamase Eduardo Mendoza? Por un escritor que descubrí en la biblioteca. Si hubiere novela, querría una de sus portadas.

—Me gusta —dijo, y no pareció ofendido en su ego, por la competencia—. Ésa es nuestra línea de trabajo: improvisa, prueba, inventa, yerra... Eso sí, si no te importa seguir siendo un poco anónimo, dejémoslos reposar. El nombre y los apellidos.

Su escritor le mentó la base de datos que manejaba de lunes a viernes en el REC. Allí tenía a su alcance todas las posibilidades del mundo. Se le daba la opción de llamarse a sí mismo. No fallarás. Hallarás un nombre potente, con clase, único. A poder ser, una combinación de nombre latino y apellido inglés, tipo 'Duncan', pronunciado 'Dancan'. Esa mezcla funcionaría, dijo el escritor.

Escuchó tal sugerencia, aceptó y zanjó. Además, no sabía nada sobre el tono de la novela. Desconocía la trama, el género, la ambientación, los personajes que le acompañarían. ¿Sería una novela por entregas? ¿Un cuento infantil? ¿Un relato histórico? Le sobrevoló su propia imagen con armadura trasnochada y una bacinilla por sombrero, pero no se atrevió a plantear dudas. Sentía empacho de nuevas.

—¡Qué preguntas! —soltó sin justificación el escritor—. Obvio. Será algo así como un thriller de trama retorcida. Un poco. Lo justo. Sin pasarse. Sí. Una exitosa novela negra —y alzó el dedo, ese por el que lo había conocido, amenazante—. ¡Sin chistes negros!

—¿Por qué negra, la novela?

—Cuestión de éxito. Sin más. La intriga funciona. Arma un buen misterio de lectura fácil, hazte con una cartera de seguidores, a poder ser con redes sociales, y estira la saga hasta que revientes de dinero.

¿Acaso quieres que sea un escritor indigente y sin fama?

Llegaron al mar, a un mar del sur. O, al menos, era una porción de agua inmensa, con su horizonte, su color matizado por el cielo, sus barcos de carga iluminados en la lejanía, su orilla blanca y negra. A lo lejos se intuía la luz circular del faro. Farola, dijo el escritor. Inútil en su tarea primitiva pero única en su función ornamental.

A sus espaldas, el confín se dibujaba con las líneas de un castillo árabe. Más allá, la única torre de la iglesia mayor. Y, al frente, el mar en la noche. En ella se asentaban algunos pescadores. No quisieron molestar su silencio. Se sentaron al abrigo de unas palmeras. De las brasas de una barca brotaban fuegos para el pescado. Espetos, dijo su colega. Cosas del sur.

El mar era un plato llano. La calma, chicha. No se movían ni las olas al orillar y, sin embargo, a lo lejos, divisó un tornado en crecimiento constante y acelerado. Lo distinguió por el gris, la forma de cucurucho y el movimiento rotatorio y alocado, camino a tierra. Hizo por alertarse pero el escritor lo detuvo.

—Tranquilo. El torbellino es otra de mis pruebas para detonar la novela. No creo que nos valga. ¿Te la cuento? —dijo.

No esperó permiso. La idea era la siguiente. Ante la amenaza inminente de un ciclón, las gentes salen a las calles armadas con escopetas, ametralladoras, pistolas y demás armas de fuego. Cuando el tornado toca tierra, la población responde acribillándolo. Fiel a su naturaleza y por poca voluntad que tuviere, aquél se defiende recibiendo los proyectiles y escupiéndolos a cientos de metros. De resultas de tal, y cuando amaina el temporal, aparecen tres cadáveres cosidos a balazos. El huracán es inocente. Se ha disipado. Todo el pueblo es culpable. Presuntamente.

La novela pasearía por los motivos de cada cual para disparar y matar al azar. Que, haberlos, habríalos. Demasiado enrevesada, ¿no?, preguntó. Además, no conocía Frisco, en el estado de Texas, único escenario posible para tal desventura.

—Basada en hechos reales —dijo.

Ante el silencio pasmado de su protagonista, y tras la pausa descriptiva y la propuesta absurda, el novelista continuó monologando. Como escritor, su ambición era huir de etiquetas. Pero no se la iba a jugar con experimentos. Quería algo trepidante. Acción, capítulos cortos, pocos detalles que ralentizaran el ritmo. Ya le había hablado del ritmo. Las descripciones eternas lo complicaban todo. Tenía un protagonista y quizá habría 'cómplices', explicó haciendo un gesto en el aire con ambas manos. Necesitaba un puñado de personajes fuertes, agresivos. Probablemente, pronto sabría novedades sobre sus 'malos', dijo, y repitió un nuevo gesto de entrecomillar. No iba a cometer el error de tomarse su obra como algo tan serio que le resultara imposible jugar con ella, y citó al psiquiatra Storr citando al historiador Gibbon. La cita de la cita le quedó redonda, al 'juntaletras'.

—Y un muerto —replicó el aspirante a héroe—. Si la novela fuere negra, necesitares un muerto.

El futuro subjuntivo no cuadraba en sus hábitos de lenguaje, pero otras cuestiones le ocupaban más. Aún no había decidido si se ponía en manos del escritor de ideas huracanadas. No lo sabía, pero no es fácil apostar a vivir el resto de tus días buscando tesoros. O jugándotela a morir atado a un árbol, mientras recuerdas una una visita a la nieve de la mano de tu padre el general, o el coronel.

—Te hablaré de la trama a su tiempo, compañero. Despreocupa de asuntos con muertos. Alguien debe morir, pero no serás tú. Espero.

—¿Esperas? No transmites ninguna seguridad.

—Todo está por escribir, pero tu realidad es la que es. Tan triste como mutable. Hasta hoy. Ahora puede cambiar. Confirma: ¿pastilla roja?

—Tengo una condición.

—Exponla.

—Me lees las ideas, ya la sabrás.

—Correcto, pero necesitamos diálogo. Si no, esto no fluye.

Sueñe, le había sugerido el librero. Sus amaneceres, uno tras otro, llegaban en blanco, vacíos de ilusiones. Nunca soñaba.

—Dame la virtud de alucinar.

—¿Has pensado que podrías estar en un sueño? —dijo el escritor.

—Claro, y tú eres Calderón de la Barba.

—Perdón, que el señor no piensa. ¿De la Barba?

—No sé. Me ha venido el nombre. Sin más.

—Quieres soñar. Está bien. ¿Despierto o dormido?

—Me es indiferente. En cualquiera de mis estados de consciencia.

—Hágase. Por el mismo precio que los sueños te regalo imaginación. Quizá nos venga bien en el futuro. Sí. Serás un iluso. Es bueno para la historia. Y, aunque aún no eres de discernir, ya estás expuesto a tus emociones.

—¿Algo más? —preguntó él.

—¿Fumas?

—No acostumbro.

—Desde ahora, sí. Y a espuertas. Esto es canela fina y te lleva directo al país de las maravillas, con señor conejito y todo.

Caló un canuto que se había sacado el otro de sus profundidades y se entregó a la mente. Le embargaron sensaciones extrañas mientras seguían sentados a la brisa del mar. Por efecto del opiáceo, quizá, sabía algo que no podía explicar. Amagó con imaginar, pero era pronto para explotar el don que el escritor le había concedido. Y sí. Se sintió como un esclavo de la cotidianidad. Para ser sinceros, digamos que sus días eran los de un muerto. Peor. Los muertos tienen lápida y nombre, o lo tuvieron, por más que la tierra no conozca a nadie. Él pasaba por una vida de alguien que no existiría. Nunca. Si no cambiaba el paso.

—¿Tendré nombre? —preguntó.

—Tendrás. Y será el mejor. Confía.

El mar seguía navegando entre azules oscuros y no había sillones ni abrigos largos entre sus vestuarios. El novelista no usaba gafas de sol con cristales espejados. No tenía la voz profunda. 'Pastilla roja', había preguntado, y reproducía pasajes del diálogo en alguna película lejana. No había pastilla azul. Ni alternativa. La luna lucía, el tornado se había consumido. No se esperaban truenos y centellas.

Su imaginación despertó a través de la música. En su cabeza comenzó a atronar la dichosa flauta dulce imaginada con una melodía extraña, sinfónica, aterrada, y un ruido estridente mezclado con tambores que decían, a todo ritmo: sí sí, no, sí sí sí, no, sí, sí, sí, sí...

Entonces, entre humos y ensueños, claudicó ante las palabras y cedió a la apuesta por conocerse con sangre y apellidos.

—Sí, escritor. Seré el protagonista de tu novela —susurró desde las tripas.

8

Saludó al alba fisgándose las manos en busca de patas negras e inquietas. Chequeó si mantenía el ombligo en su sitio y probó a sentir el contacto de las cervicales con el colchón. Todo mantenía el orden acostumbrado. No había mutación, no le coronaban antenas minúsculas, no tenía bigotes largos. No era una cucaracha, ni entendía su propia fantasía. Ésos no eran los sueños que había negociado con el autor.

Con el ánimo de borrar imágenes de insectos hizo algo muy humano. Se alivió del mal despertar hablando solo, como los cuerdos. Le gustó el juego, aunque no controlaba sus versos: expresiones extrañas, voces recortadas al final de las frases, un ligero aumento de su timbre habitual, murmullos, eliminación de eses, jotas aspiradas, un suave ceceo y la pronunciación de la hache relajada, 'relahá'. De pronto, como un exabrupto, se le escapó un 'palabro' perfecto.

—Perórtico.

No lo sabía, o no sabía que lo sabía. La voz era propia de los mares del sol; una variante autóctona del superlativo para otro término local, 'perita'. Repitió 'perórtico' tres o cuatro veces y le dio por reírse. 'Perita'. Chamarreta. 'Jartá'. Campero. No conocía el significado de los palabros, pero mejoraba su carcajada poco a poco. 'Perórtico, perórtico', y así siguió hasta que se cansó del tonteo.

Mientras se vestía, y después de atarse una corbata de lana marrón con matices amarillos que había suplantado a su sempiterna rayada, se intuyó y no encontraba un héroe de novela. Jamás había registrado inventario de sus habilidades, pero no le constaban muchas, amén de su facilidad para los datos y el paladar exquisito para la tortilla de patata. En general, no tenía virtudes. Tampoco, grandes defectos. La realidad es que no se conocía, pero podríamos certificar en su nombre que no era superdotado ni alcohólico. Era un tipo de ideas claras, comunes. Las pocas que debía tener. Nunca llovió que no escampara. No hay rival pequeño. La vida es así. Bicho malo nunca muere. Cuando mayo marcea... Ideas normales. Sin estridencias ni revoluciones. No tenía enemigos, salvo el coordinador general del REC; ni amigos, salvo un presunto escritor que le quería encarcelar entre las páginas de un libro. Quizá fuera un don nadie. Admitía tal posibilidad, a falta de un estudio en conciencia de sus realidades propias. Sin embargo, sentía que se estaba embarcando en unos días atípicos. Raros. Distintos. En los que pasaban cosas. En los que se chocaba con sorpresas. Por mostrar un ejemplo de ésas, el nuevo ruido que le regaló el teléfono móvil.

TIENES UN MENSAJE. TIENES DOS MENSAJES

—¿Café? —preguntó el escritor, recién aparecido en la cocina y ya con las manos en la masa sobre alimentos varios. La visita y sus dudas le distrajeron del ruido celular.

—Negro, por favor —pidió.

—Eres un tipo sin sal. No ofendes.

—¿Te molesta si te llamo 'negro'?

—¿Conoces a Chandler? Un maestro en la novela negra. Se pasó su 'Adiós, muñeca' llamando 'negros' a los negros. Que yo sepa, nadie lo acusó por racista.

—Curioso —dijo, pues no sabía qué más decir.

—¿El empleo de 'negro' como disfemismo?

—El manual del REC sobre palabras y expresiones tabú en el trato con la ciudadanía contiene setecientas veintitrés páginas. Supongo que contendrá instrucciones sobre el uso y el abuso de 'negro' —recordó.

—No es fácil, hoy, llamar a las cosas por su nombre sin herir. En todo caso, puedes referirte a mí en términos como 'negro'.

—Gracias, negro. Prometo no referirte como 'cosa'.

El otro sonrió su dentadura perfecta y jugaron durante un rato a buscar pares de palabras tabú con su correspondiente eufemismo. Negro, persona de color. Calva, alopécica. Conflicto armado, guerra. Mendigo, indigente. Muertos, daños colaterales. Viejo, en la tercera edad. Ruina, desaceleración. Gordo, rellenito.

Sintió que se sentía cómodo en el verbo, en el intercambio de golpes. Conforme le fluían las palabras, el choque era más grato. Con el escritor se atrevía a proponer charlas ingeniosas, a provocar, a desafiar a través del significado. Soltaba guiños, algún amago de broma. Ya sabía que los diálogos, cortos e intensos, eran claves en cualquier novela fácil. La conversación habla del personaje, no al revés, había sentenciado el otro, aficionado a proponer frases para el recuerdo. La mayoría, sin éxito.

Agotado el juego, consultó temas de procedimiento. Cómo funcionaba la cuestión novelesca. Cómo se comportaba el protagonista: si debía tomar la iniciativa o prepararse de algún modo, si tendría enseñanzas y un mentor, su vestuario, sus condiciones laborales, el contrato, el rédito... El artista no le dejó. Y expuso. Había cuestiones que trabajar, y mucho, puesto que la voluntad de escribir una novela no siempre acaba con la novela escrita. Los miedos, los titubeos entre los novelistas eran el pan suyo de cada día, igual que los abandonos y suicidios de manuscritos que saltaban por los balcones de las casas sin que hubiera causa aparente.

Carraspeó, pausó, provocó interés y siguió. Tendía a teatrero. La clave de una novela está en su fase inicial. Investigación. Esquema. Desarrollo de la trama. Dibujo de los personajes, documentación, ambientación. En ello estamos. Olvida la imagen del escritor rebosante de inspiración ante la máquina de teclear y el vaso de whisky. Las novelas se escriben en sus apuntes. Sin son buenos, la palabra brota y corre. Todo es cuestión de elegirlas bien, pero esto no es más que el inicio de la batalla. De plusvalías o sueldos ni hablamos. Una vez escrita, si se escribiere de inicio a fin, la novela podía acabar en un almacén de inéditos. Incluso, si el novelista consiguiere escribirla y publicarla, podría pasar desapercibida. O peor. Ser una novela de mierda. Negra y mala. Sin lectores. Ignorada.

El cuentista agarró un molinillo manual y traqueteó. Grano tostado de los cafetales más perdidos en Volcán, Boquete. A ritmo de manubrio se paseó hasta el televisor. Lo encendió y señaló al ruido de las noticias. El aparato, de última generación y origen incierto, presumía de delgadez incrustado en un testero blanquecino sobre ladrillos viejos. El muro, así decorado, sustituía a uno añejo, en gotelé, desaparecido en las últimas noches y por arte de birlibirloque.

Atronaba una información de última hora. La protagonista era una chica que despertaba más interés que los goles, las muertes, la sequía, los robos, el desgobierno. El cuerpo de la noticia lo formaban las quejas de la señorita, famosa de profesión. Mirada parda, de anuncio. Sonrisa blanca y roja. Pelo tirando a castaño, con tonos caoba y mechas rubias. Liso, recortado al frente por un flequillo sobre cejas perfectas. Silueta sin excesos. Expresión limpia. Muchos gestos manuales al hablar. Diríase que guapa, inmaculada, de rasgos delineados. Y millones de incondicionales a través de sus distintos canales de comunicación con el mundo, le explicó el escritor.

Influyente era el término, en castellano viejo. Los videos rodados mientras se vestía para ir a fiestas exclusivas eran vistos por una millonada de usuarios embobados. Cada vez que sorbía un refresco ingresaba dinero a espuertas, a cuenta de la promoción que hacía del mismo en las cuatro esquinas del planeta. Comercializó, embotellada, el agua de grifo que todas las mañanas usaba en su aseo personal. A diario, alguien recogía el líquido sobrante de sus limpiezas, lo adornaba, lo perfumaba y lo vendía por galones. Había escrito, de su puño y letras, tres libros que se habían reeditado en dieciséis ocasiones. 'No me hagas esperar'. 'Hazte esperar y triunfa'. 'Mindfulness para una feliz espera'. A una tirada de y pico mil libros por edición. Promocionaba sin querer. Vendía por castigo. Era lideresa de masas y si decía blanco, millones aplaudían blanco...

El último grito de la muchacha era el lanzamiento de su propia línea de ropa. No eran prendas a la tendencia. Ella creaba moda. A pesar de lo anterior, solo había vendido diecinueve camisetas en los primeros treinta días. Pinchazo. Quiebra.

Lloraba como una magdalena y sus llantos protagonizaban la noticia de alcance y última hora en la apertura del informativo. El video de veintidós segundos que difundía el noticiario había tardado siete minutos en dar la vuelta al mundo.

—Si ella ha fracasado, nosotros no tenemos garantías de éxito.

—¿Y? —preguntó sin objetivo, dado que no escuchaba el discurso del escritor. Sentía atracciones extrañas. Desconocidas y de cuello para arriba. O en los alrededores del tórax. Algo le runruneaba sin control.

—Y, aún así, luchamos por nuestros sueños —dijo el escritor, notando al momento el poco interés de su interlocutor —¡Quieto, amigo! No lo digas —voceó mientras se interponía entre el televisor y las emociones del protagonista. Soltó el molinillo y ganseó todo lo posible. Inventó aspavientos. Le cacheteó. Lo zarandeó. Le volvió la cara hacia las ventanas y la calle...

—Que no diga, ¿qué? —replicó el don nadie, ante el meneo de su amigo.

—Lo que tu boca pretende escupir.

— ...

—¿No quieres saber todo sobre la meditación, mind... eso?

— ...

—¡Quieto! ¡Chitón! ¡Mudo! Juguemos a tópicos. Vamos. En boca cerrada...

—¿Estoy enamorado de la chica? —soltó, y se sorprendió en la cuestión retórica.

—¡Mierda! No estás enamorado. Ahora, no. En el futuro. Pero aún, no. Olvida las noticias. Borra 'amores' de tu vocabulario. No ha sido un buen ejemplo. Borra. Este capítulo no ha existido. Volvamos a saludar al alba. Vamos. Piensa en Kafka. Cucaracha. Eres una cucaracha. Vamos. Perita. Calamaritos. Campero. Piensa en un campero. Elimina esta última página...

—Soy el protagonista y me he enamorado de esa chica. Necesitamos una chica en la novela, lo dijiste. Ergo, ella es la chica.

—No lo dije. Hablé de cómplices, de malos. No hablé de chicas. Ella no es la chica—dijo, haciendo gesto de entrecomillar a la chica—. Es un personaje secundario. Y mucho más. Es una víctima. Huele a fiambre. Estamos a novela negra. ¡Joder!

9

Ergo. El uso de la conjunción latina se le mezcló con sensaciones raras. Se le antojaba imposible asumir las palabras de su narrador. Mucho menos, asimilar emociones surgidas de las profundidades de un alma que desconocía.

Él no se enamoraba. No sabía, y lo aprendería a machetazos en sus porvenires, que el amor atenta contra las certezas, lo altera todo, pone las vidas patas arriba. El amor era cuestión de otros. Implicaba atracción, cesiones, sentimientos. De éstos últimos, había tenido muestras en los días mentirosos que atravesaba. Pero a él no le atraía nada, ni nadie. Hasta la fecha, su vida había pendido de dos o tres verdades absolutas. Una de ellas bien podría ser que se podía vivir sin amor. Otra, que no se mezclaba en asesinatos y muertes 'noviliarias'.

Su cabeza no estaba preparada, aún, para procesar semejante carga de inclemencias. Además, había un sonido constante y pendiente de su atención. Un mensaje. Doble. En su teléfono móvil. En el primero, Ana Luisa se salía de tono. La literalidad era la que sigue.

OYE, TÚ, EGOÍSTA

Al anterior le sucedía un segundo mensaje, de nuevo con Ana Luisa en el papel de emisora, transmitido sin exabrupto ni protocolo.

TE ESPERAN EN LA OFICINA

Toda vez que el escritor se había esfumado, trató de borrar sus escarceos neonatos con el amor. No remontaba el mediodía y ya acumulaba sorpresas una tras otra. Te esperan en la oficina. ¿Quién? Nadie, nunca, esperaba por él. En el REC. En la vida.

Intentó asearse, sin éxito. Al paso por el baño hubo de enfrentarse a una bañera teñida de pintorreos rojos con la cortina arrancada de cuajo y muchas marcas de pisadas en el suelo, marcas regadas por un líquido viscoso y también rojo.

Definitivamente, necesitaban un detonante original para su novela. Original y urgente. Si no ayudaba al escritor, la novela negra podía írseles de las manos. Y no sería él quién limpiara sangres o borrara pistas de crímenes no cometidos.

Salió de casa. Saludó al camarero del Thinking, apostado en su entrada y dado al 'fumeteo'. Ni caso. Su plan era caminar hasta el tranvía, pero esperaba regalo, atado a un farol. Se tropezó una reluciente y clásica bicicleta eléctrica urbana: ruedas finas, manillar abierto, sillín de cuero marrón claro, cuadro verde tirando a oliva, 'portacosas' trasero, dinamo con luz de cruce para la noche, motor para las cuestas de enero...

Supo al verla que era suya. Tal convicción se concretó por el hecho de que, seguidamente a la visión de la bici, le apareció una llave en el bolsillo pequeño de la mochila. Casualidad o no, la llave abría el candado que custodiaba la bicicleta de manos amigables con lo ajeno.

Montó, titubeó unos segundos, echó pie a tierra un par de veces. En poco, cogió ritmo de pedaleo y serpenteó con agilidad. Disfrutó el aire en contra y la atención plena en el manejo. Se lanzó con destino a la jornada laboral. La ciudad, irreal, le presentó un carril apto para ciclistas. Separado del tráfico. Protegido de golpes. Irreal, sin duda.

Apenas tardó unos minutos en llegar a las oficinas del REC. Al entrar, casi tropieza con un tipo canijo, de pelo y cara blancas, que salía del Registro con prisas. Atendió poco o nada al individuo porque los colores lo inundaron. Los mostradores habían desaparecido; los tablones de anuncios con avisos del siglo anterior, también. Donde debía estar su oficina encontró unos futbolines. Sillones chester. Futones. Máquinas de café a cápsulas, millones de cápsulas gratuitas de todas las clases imaginables. Mesas desocupadas por la desaparición de ordenadores con monitor de culo gigante. Portátiles de última generación. Y espacio, mucho espacio ante la ausencia de tabiques.

El coordinador general le recibió al traspasar la recepción, protagonizando así la enésima sorpresa matinal y dando respuesta a una de las preguntas que arrancaron el día. 'Te esperan en la oficina'. ¿Quién?

El coordinador general, su mayor enemigo si quisiera guerras. No había sido, nunca, el caso. Le recibió de brazos abiertos. A él. Sí. El coordinador le saludó. A él. Sí. Y él le devolvió el saludo mientras aquél le conducía en volandas hacia una desconocida estancia blanca, abierta. Grande. Sala de juntas generales.

—Compañero, cuéntame esas ideas que tienes entre manos —dijo el superior jerárquico.

No había soltado su mochila cuando se vio incrustado en un sillón de cuero negro con orejas de elefante. En un posavasos que cumplía su misión, una copa ancha contenía líquido transparente y muchos hielos. Enfrente, su eterno enemigo, cruzado de piernas, repanchigado sobre su sofá, apremiaba el discurso del empleado.

—Ideas... —sin querer, le vino a la mente aquello de 'el fútbol es así', otro de los lugares comunes del mundo. No hay rival pequeño, somos ocho contra ocho. O son diez. Qué sabía él de pelotas...

—Proyectos, estrategias, actualizaciones... Sí. Tienes ideas. Eso dicen. Desembucha.

No era de improvisar. Tampoco, nunca, había tenido ocasión. Pero se sabía de memoria el proyecto que guardaba encajonado desde la génesis de los tiempos. Y sintió una mano invisible que le empujaba al abismo. Cogió impulso y habló del tirón sobre la importancia de la actualización de metodologías. A continuación, siguió con la simplificación de procesos burocráticos ordinarios.

Pudieron ser horas las que empleó, sin respiro, en exponer la importancia de centrar esfuerzos en dar el mejor servicio a la ciudadanía. Para ello delineó unos ejes básicos: tecnología, automatización, almacenajes en línea, toma de decisiones en equipo, digitalización de alto impacto y capacidad de disrupción, conectividad, procesamiento de lenguaje natural... El ciudadano es nuestro único cliente y debemos protegerlo. Los trillones de millones de datos que almacenamos desde tiempos remotos no pertenecen al Estado sino a los dueños del Estado, los contribuyentes. Sus datos son suyos, y de nadie más. Esos datos, personales o agregados, son recursos. Generan dinero. Ese dinero es de las personas. La palabra no es sencilla: anonimizar. Ésa es la base sobre la que debemos trabajar los sistemas de protección ciudadana. Debemos ser mineros y picar piedra sobre nuestro caudal numérico. Nos enfrentamos a los desafíos que nos presenta la era de los números. Algunos conceptos: correlación, regresión, patrones ocultos. Hoy ya no es hoy. Estamos en plena revolución, camino de mañana. La transición es continua. Es nuestro deber aceptarla y adaptarnos a los cambios que traerá. Hagamos lo que sea para adaptar nuestras vidas a la tecnología que nos inunda. Sin miedo al fracaso. Seamos productivos con él. Aprovechemos sus enseñanzas, las lecciones que nos dejan los errores de cada día. Un ejemplo. Ayer estábamos en la era de los datos. Hoy, esos datos son inteligentes, llevan a algo más. Son bloques de dinero, petróleo.

Sobre la marcha sintió que lo sabía todo. Debemos positivar el 'engagement' entre la persona y la administración pública, escupió, e integrar en el negocio la inteligencia artificial con un profundo sentido de la ética. Le salieron sin control conceptos como 'minería de datos', algo de lo que no sabía que sabía. Regurgitó ideas como 'algoritmos de evaluación', 'tendencias, patrones ocultos', 'correlación, regresión, clústeres'... Tales vocablos no estaban en sus proyectos, que él recordara.

El jefe le había dedicado pocas miradas, pero debió prestar algo de atención. Había pintarrajeado en un cuaderno. Lo justo, a tenor de los garabatos que alcanzó a ver. Tras un silencio eterno, el coordinador general reaccionó a su punto y final. Muy bien, compañero. Pausa. ¿Cómo te llamabas? ¿Has dicho 'anonimizar', verdad? Otra nota en la libreta. Y adiós. Fin de capítulo.

10

Acabó seco. Estrujado, espachurrado. Boquiabierto, sin arrestos para desentrañarse tras la lección magistral sobre datos y modernidad. No echó en falta la palabra 'gracias'. Era inexistente en su entorno laboral.

Antes de volver a la oficina necesitó un breve paso por los baños unisex, nuevos. Reflexionó física y emocionalmente, ya que la bebida transparente y los nervios de la reunión le habían aflojado las tripas. Se zambulló en el trabajo para olvidar el episodio. Al menos, era la intención: atender alguna solicitud de la ciudadanía. Pasar el rato. Contar segundos. Cerrar el día. Otro día menos.

Sus intenciones toparon con más mudas en la oficina. Habían desaparecido los eternos archivadores, las mesas de contrachapado, las cajas de cartón piedra, los almanaques patrocinados por la charcutería del barrio. La estancia gastaba banquetas altas y colores chillones, blancos inmaculados y ausencia total de burócratas y ciudadanos. Estaba inusitadamente desierta. Inspeccionó al azar otras oficinas estatales. Por todos lados encontró similares carteles que no entendía, dada su incapacidad para los idiomas. 'Out of order'. Los pasillos también se habían vaciado.

Nunca tuvo noción del tiempo, pero debía ser hora de asuetos. Buscó en torno a los cafés. Nada. Bebió agua mineral de las montañas, saludó a la máquina de los refrigerios. Dejó para más tarde el descanso de la tarde. Nada.

Revisó la mesa de Ana Luisa. Chumbera, vaso publicitario, grapadora, neceser de líneas aéreas... Todo igual, como siempre. El monólogo con el jefe y las ausencias generales le habían dejado libre de interés por el trabajo. Ante la inexistencia de solicitantes de fes de vida decidió estirar piernas y mente. Volvió a salir de la oficina.

Hizo pasillos. Quizá le habían tomado el pelo, tras su moscoso. Era festivo y le habían distraído la guardia exprimiéndole ideas por diversión. El coordinador general le había tomado parte de su poco pelo. Sí. Eso era. Un don nadie engañado.

Más allá de las mesas de billar americano susurraba un murmullo. Venía de la sala de juntas generales que había ocupado durante horas con su jefe. Se acercó. Cuando tuvo visión a través de las paredes en cristal comprobó que los desiertos en el Registro animaban un lleno de reventón en la sala. Todo el personal disponible, sin distinción de rangos y categorías, atendía las palabras del coordinador general.

—Varios ejes argumentales construirán nuestro futuro, compañeros. En esquema, para no alargar la sesión. Quiero que os quedéis con estas ideas: automatización, toma de decisiones en equipo, digitalización, conectividad. El mundo ha cambiado y la institución debe ofrecer a la ciudadanía una política de puertas y ventanas abiertas. Paredes, fuera. Ya hemos superado la transición tecnológica. El ciudadano es nuestro único cliente y debemos protegerlo. Los trillones de millones de datos que almacenamos desde tiempos remotos no pertenecen al Estado sino a los dueños del Estado, los contribuyentes. Sus datos son suyos, y de nadie más. Esos datos, personales o agregados, son recursos. Petróleo. Generan dinero. Ese dinero es de las personas. La palabra no es sencilla: anonimizar. Ésa es la base sobre la que debemos trabajar los sistemas de protección ciudadana. Debemos ser mineros y picar piedra sobre nuestro caudal numérico. Nos enfrentamos a los desafíos que nos presenta la era de los números. Apuntad algunos conceptos: correlación, regresión, patrones ocultos... Las fes de vida que certificamos a diario son documentos obsoletos. Nadie debería tener que acreditar su existencia, ya se da por hecha por el simple gesto de respirar de manera continua. Personalmente, siquiera daría la opción de digitalizar. Del papel ni hablo. Ya es prehistoria aunque mantenemos nuestras obligaciones con el planeta, con nuestros árboles. La tecnología va muy por delante de nosotros y nos ofrece soluciones. Como organismo dependiente del ministerio público, nuestra vocación debe ser la de proteger a nuestro cliente, servir al ciudadano en todo aquello que aquél necesite.

Atisbó a Ana Luisa al fondo de la sala, entre la audiencia extasiada con el discurso de su jefe. En la sala de juntas estaban todos, numerarios y directores, soldados y mandos. Todos, frente a sus ideas viejas. En boca de otro. En boca del coordinador general.

El Registro Estatal Central debía tener clara la estrategia en el plan de acción a corto plazo. Debían ir a los hogares, a los dispositivos móviles, a los 'gadgets' de última generación, e instalarse en la vida de los ciudadanos con los datos que éstos necesitan manejar para hacer su existencia un poco más fácil, mejor. Su misión a corto y medio era enseñar al ciudadano a ser ciudadano a través de las autopistas de la información y la inteligencia. Fomentar la agilidad en las consultas a través de la 'gamificación' de los trámites. Positivar el 'engagement' entre la persona y la administración pública. Reinventarse. Hoy ya no es hoy, es ayer en nuestro feliz mañana, dijo el mandamás ladrón de ideas.

—Al final del día no tendremos certezas sobre qué necesitamos saber para el siguiente despertar. Sentimos la obligación ineludible de prepararnos, e integrar en el negocio la inteligencia artificial con un profundo sentido de la ética, algo que, hasta el día de hoy, seamos sinceros, ni nos hemos planteado. Compañeros, miraos. En el REC enfrentamos con valentía la revolución. Y solo hay dos caminos: ser futuro o ser papel en la trituradora del pasado.

11

Al punto y final le siguió un aplauso unánime correspondido por el coordinador general con gestos de timidez y sonrojo falso. Tras la ovación, la sala de juntas generales desertó y él se quedó en blanco. Para variar. Sólo y en blanco hasta el final de las cuatro o cinco horas que le restaban de jornada. Un poco más patidifuso de lo habitual, pero sólo y en blanco. Timado. Estafado. Robado. Limpio.

Actuó como durante toda su vida. Volvió a la oficina, otra vez. Centró su atención en el parpadeo de los fluorescentes. Repasó fes de vida al azar, sin interés. Contó grapas. Descolgó el teléfono que nunca sonaba. Atendió el ninguneo de un limpiador que le pasó la mopa por los zapatos sin lustre.

—¿No hay nadie, no?

—Estoy yo.

—¿Y la gente?

—Soy gente.

Cerró el jornal cuando le llegaron los efluvios del desinfectante con el que había rociado la oficina el limpiador, aprovechando que 'no había nadie' en la oficina. Automatizó la vuelta a casa. Amarró la bicicleta a un kiosco que vendía periódicos. Otra novedad en el barrio. Ésta, anacrónica.

Pudo sentir la necesidad de saber qué estaba pasando desde que amaneció aquel día 'ingrato', que diría el cronista de muertes de García Márquez. Pudo pensar en el reporte de su soledad, pero no la conocía. Apenas la sintió al verse rodeado de compañeros, desprendido de sus ideas, extraño en la victoria de otro. La notó en el pecho, con un encogimiento que atosigaba sus costillas y le dificultaba respirar.

Soledad. No se guardaba en valor, en tiempos de urgencia. Es más, había caído en desprestigio. Las gentes, enredadas con familias, compañeros, socios, rivales, clientes, jefes, paisanos, mujeres, hombres, niños, abuelos, animales y vegetales, anhelaban sus soledades sólo cuando era demasiado tarde para entenderla y disfrutarla. Los nativos digitales se sentían solos en el centro de la marabunta. Eso escuchaba el protagonista en su noticiero, a diario. El remedio de los nativos para su soledad era la compra de abrazos y amigos a través de la red. Él, sin embargo, mantenía una soledad sin cuestiones. Constante. Suficiente.

Como no pensaba sobre soledades, caminó sin ruido y se sintió abstraído por el latir de la barriada. Sentir, sí. Sentía. Evitó la decoración de las calles y fijó su atención en los viandantes. Probó a entablar una conversación sin importancia, mientras esperaba el paso en un semáforo, o al ojear revistas caducas. Lo intentó por tres o cuatro veces. Nadie le respondía. Disculpe. Nada. Perdón. Ni caso.

Se distanció de la muchedumbre y observó. No vivía en Cloe, la ciudad invisible de Calvino, donde 'las personas no se conocen, nadie saluda a nadie pero imaginan las unas mil cosas de las otras'. No era ésa la sensación que debió percibir. Que hubiera un trasfondo a la invisibilidad general. Las personas ignoraban sus propios pasos, agarradas al teléfono a dos manos. Caminaban de prisa para el ritmo habitual de un paseo, y con la cabeza gacha. Un detalle le sorprendió. Todas llevaban algo en la oreja, una especie de botón blanco. Y todas hablaban solas.

No lo sabía, pero él estaba tan lejos del mundo como al revés. La vida le ignoraba y mantenía sus velocidades. Gentes de ida y vuelta, ruidos, tráfico. Mañana, tarde y noche. Primavera, verano, otoño, invierno. A decir verdad, no era el único fútil, en una edad de 'ninguneos' a cada día mayores, en un tiempo en el que, a pasos de gigante, las personas se encaminaban voluntariamente hacia la insignificancia.

Abortó su idea de conversar, incapaz de conseguir una palabra ajena. Anduvo hasta la puerta de su casa. Ya la abría, ansioso por cerrar otra jornada trivial, y oyó un berrido. Se revolvió y enfrentó al escritor, que esperaba sentado en el bordillo de la acera, frente a la puerta del Thinking.

—Tres o cuatro cosas, amigo —y mostró los números en la mano—. La gente ya no escucha. Y los traumas forman parte de la vida —dijo el negro.

—¿De qué hablas?

—Porrazos, golpes, frenos, fallos, traspiés...

—Entiendo el significado de la ristra, no el uso particular que les das.

—¿No pretenderás ir de mártir, en nuestra novela?

—Ni mucho menos, pero mi conciencia no registra lesiones ni dilemas.

—En realidad, no tienes conciencia. El coordinador general te 'tanga' tus ideas y no exhalas ni un suspiro de tristeza. No puede ser. Agárrate, que vienen curvas. Se avecinan impactos.

—Te pedí sueños, no golpes o penas. Y aún no ilusiono lo más mínimo. Salvo con cucarachas.

—Las fantasías se persiguen, se pelean. No soy Michael Ende ni el Mago Pop.

—No eres... ¿Quiénes? —preguntó el protagonista a su escritor.

—Déjalo, su historia es interminable —y se sonrió el juego verbal, él solo.

—Dijiste tres o cuatro cosas...

—Correcto. Veo que sabes contar. El botón blanco de las orejas humanas se llama auricular sin cables y sirve para ignorar la vida.

—Háblame de las tecnologías...

—Imposible, las tecnologías son olas en el mar. Imposible cazarlas...

—No entiendo.

—La tecnología muda garras por segundos. Y nos va a arrasar cual tsunami. Lo mejor que podemos hacer es alejarnos de ella. Mientras podamos.

—...

—Tranquilo, los artistas estamos a salvo. Las máquinas jamás inventarán poesía —dijo el escritor mientras le atacaba una risa arrítmica, entrecortada, de fuera adentro.

Entraron al Thinking e inmediatamente él hizo ademán de huir, dado el llenazo de reventón. Pero el escritor ejecutó su 'mutis' con más agilidad, gracias a la demostrada capacidad para aparecer y esfumarse sin transición. Lo último que le escuchó gritar, y ya no lo veía, fue algo así como: 'Perdón por lo del baño. Otro mal detonante. Yo limpio la sangre'.

12

Se topó a Ana Luisa al inicio de la barra. Más bien, se topó con su chapa al pecho. Ignoró rostro. Brindaba, la compañera de sus días de oficina, junto a otros tantos oficinistas, cerveza en mano. Saludó con gruñido. Nada. Ni caso. Pasó de largo.

La música chillaba, se paría fiesta loca. Tras el trabajo, había fiesta del REC. Se apartó de la linea de fuego a un modesto décimo quinto plano. A una esquina del local cercana a los baños. Desde allí sorbió su irrelevancia con un vaso de agua. Como no pensaba, no se sintió incómodo y, por tanto, no pensó en la injusticia del robo sin intimidación que había sufrido a manos de su jefe. Por más que su Pepito Grillo particular le calentara la cabeza antes de esfumarse a escribir sus cuentos.

El alcohol y las risas volaban, los camareros inflaban la cuenta de la tarde con aperitivos de aire y los indios abrazaban a los jefes o les cantaban las cincuenta. Había para todo. Tú no me respetas. Dame un abrazo. No me respetas y te voy a partir la cara, un día de éstos. Con el pan de mis niños no se juega. Eres un tío cojonudo. De los pies a la cabeza. No me respetas, te lo estoy diciendo a la puta cara. Otra copa. Salud.

Estaban todos. Auxiliares, peones, oficiales de primera, segunda, tercera y cuarta, subjefes, jefes, superjefes, directores, directivos, altos directivos y socios. Entre éstos, el coordinador general daba y recibía abrazos a espuertas.

—¡Compañero! ¿Qué tomas? —le gritó por sorpresa el ladrón de ideas.

—Una malta especial tostada en roble francés. Intensa, por favor —pidió mientras trataba de recordar, en vano, qué sabía sobre cerveza. ¿Desde cuándo distinguía maltas, cebadas, tuestes. retrogustos y el sabor en boca del más popular líquido elemento? Lo más que bebía en sus días blancos era café y un litro de agua mineral de la serranía.

El coordinador general lo agarró del brazo hasta una zona libre de trabajadores rasos donde les atendía, personalmente, el camarero jefe del Thinking. Alzó el dedo y pidió tres rubias y una ración de altramuces. Él quería una malta especial tostada en roble francés. No una rubia. Ni caso.

—Sé que estás preocupado. Son muchos cambios. No temas al futuro, ni al fracaso. Tú y yo tenemos que hablar más. Confío en ti, compañero. Dime a la cara lo que sabes que no quiero oír. Me sobran abrazos y pelotas, necesito gente valiente, que no tema la derrota. Es nuestra amiga. Debemos darle valor a la virtud de fracasar. Somos lo que somos gracias a los tropiezos. Aprendemos de ellos en la respuesta. Nos reponemos. Aspiramos. Trabajamos más. Y volvemos a fracasar. La vida consiste en ir de fracaso en fracaso. Hemos pasado mucho tiempo demonizando el error.

Fracasa. Fracasemos. Una vez y otra. La clave es recuperar en siete segundos.

—Aquello del ascensor...

—Exacto. El tiempo que pasa desde que montas en un ascensor hasta que llegas al séptimo piso. Siete segundos. Es el dolor que nos podemos permitir tras una derrota. Compañero.

Se sabía el discurso de memoria. No tenía mucho de original, pero aplicado al REC, sí era suyo. Fue suyo hasta que se lo regaló al usurpador de proyectos a cambio de molestos abrazos y una cerveza rubia.

El jefe había pedido tres copas y la tercera la tomaba un amigo. En verdad, era el amigo de un amigo al que 'tienes que conocer' y que se había incorporado al dúo. No oyó el nombre del amigo del amigo de su 'amigo'. Sí entendió el oficio del susodicho: asesor. Saludó distante y recibió un achuchón apretado y sonoro previo a demasiadas palabras. El tipo charloteaba sin descanso. Esto y aquello, lo grande y lo pequeño, las cosas, las vidas, las sin importancias e importancias...

Atendió al desconocido amigable hasta que alguien aprovechó un descuido de la jerarquía y lo arrastró desde el reservado a la zona de los comunes. Sin saber por qué ni cómo, comenzó a rolar de abrazo en abrazo entre montones de desconocidos. A partir de ahí, sus vagos recuerdos solo guardan imágenes coloreadas con los conocidos rojos y con azules eléctricos, mucha música dance, dance. Risas, abrazos directos a las costillas, bailes agarrados con todas las compañeras salvo Ana Luisa, una cata completa de cervezas, un empacho de lupinos, una ristra interminables de palabras tales como 'crowfunding, benchmarking, dafo, networking, skateholders, consulting, join venture, coworking' y demasiados 'tenemos que hablar, socio'. Él no era de idiomas, ni de hablar o asociar con amigos de los amigos de sus jefes, por más que los diálogos, de un tiempo a esa parte, le hicieran sentir bien. Muy bien.

Pasó de charla en charla hasta el núcleo del bar. En la pista de baile que sustituía al habitual salón de comidas alzaron su brazo y alguien gritó algo así como '¡Legendario!'. De entre tanta espalda y tanto cuello que palpó, rescató las palabras de un muchacho grande y muy joven, más joven que él. Le dio las gracias, y se dirigió a él como 'maestro'. Gracias en nombre de todos mis compañeros del Departamento de Conocimiento y Soluciones Tecnológicas.

—Gracias, maestro.

13

—Si ella tiene que morir, no habrá novela. Al menos, conmigo como protagonista. No voy a permitir que nadie la palme. Y elimina de mi vocabulario verbos como 'palmar', escritor.

—Te lo puedo decir en chino o en botsuano. No te vas a enamorar, amigo.

—Llegas tarde —pausa dramática para generar tensión—. Trataré de explicarte. ¿Sabes esos palos largos de madera que usaban los vaqueros, en los fuertes del lejano oeste? ¿Eso que servían para cerrar los portones y evitar que los Sioux asaltaran a hachazos a los del séptimo de caballería?

—¿Estacas? ¿Trancas?

—Ahí. Hasta todas las trancas del fuerte de los Comansi estoy prendado de esa chica.

Él no palmaba ni se prendaba. Tan siquiera elegía prendas. Gastaba simple y llana ropa. Camisa, traje (en singular), zapatos, corbata y punto. Pero, dado que no pensaba, no se le pasó por la cabeza discutir con el escritor la atribución a su persona de determinados vocablos y el particular estilo de lenguaje que le manaba de las entrañas.

A todo esto, comenzaba a estar harto tener al negro como ingrediente de todo. Hasta el gorro, se dijo. Al autor se le suponía onmipotencia, de acuerdo. Muy bien. En su calidad de 'protagonista' admitió los saltos en el espacio que le trasladaban de una noche festiva en el bar a otro buen amanecer en la cocina de su casa, días después. Lo anterior era fantástico, raro, pero podía ignorarlo. Siquiera se planteaba cuestiones de intimidad, siendo su hogar escenario de muchas de sus repentinas visitas. Le gustaba la conversación con su escritor, su compañía a ratos. Pero, desde un tiempo atrás que podríamos definir como 'el capítulo anterior', el 'protagonista' tenía su ritmo propio. Y deseaba respeto para el mismo.

Porque resultó que, al final, había recibido parte del mérito en los propósitos de revolución empresarial. Los abrazos y las gratitudes de sus compañeros habían sido consecuencia de lo siguiente. Alguien filtró la verdadera autoría intelectual del discurso sobre eficiencias y rentabilidades. Sí, ése que está con Ana Luisa. El otro que suele andar por la Oficina Estatal de Fes de Vida. ¡Qué bien! ¿Cómo se llamaba? Ni idea. El rumor se había extendido por todo el Registro durante los minutos de asueto diario y la consecuencia eran unos cuantos saludos de admiración y otros tantos de odio, según el grado de afectación de cada cual.

Su trayecto desde la puerta de entrada al REC hasta su banqueta en la Oficina se tornó largo debido a las interrupciones de compañeros. Comentaban, aprobaban, rebatían, le matizaban sus ideas, aportaban. Fue como si todo el mundo, en el Registro, tuviera un proyecto en su cajón a la espera de que el jefe menos pensado lo robara y lo pusiera en marcha.

La vida social le rodeó y perdió soledad. Su estrella lucía por partida doble, en el trabajo y en la novela por escribir. A todo esto, necesitaba conocer los libros y no rescataba tiempo para ellos. Aún así, quería voltear el cuento que planeaba su amigo. Guardaba una ilusión: la chica de los exitosos videos virales. La historia debía virar hacia al amor. En vez de asesinatos, el camino del héroe hacia el éxito personal. El don nadie y la chica triunfadora, juntos. Clásico, sí, pero con gancho. El escritor pedía fama y ventas. En el fondo, todas las historias grandes son de amor. Amor soñado, amores perdidos, amores imposibles, fantásticos, orientales, amor platónico, enfermizo, desamor... La vida era cuestión de amores. El amor conduce a la plenitud, a la perfecta e indisoluble unión con el otro, o la otra.

—¿Quién te incrusta en el cerebelo esas cursilerías? -preguntó su cronista.

—Tú escribes mis diálogos e ideas, sostienes.

—Has fumado más de la cuenta —dijo el otro, alargando el adverbio de cantidad—. En todo caso, no hay vuelta atrás. Serás uno de esos tipos a los que la simple visión de una mujer hermosa les aparta del camino, que diría Auster. Apunta, tienes que conocer a Auster. En fin, serás un bobo irremediablemente enamoradizo. Hágase.

—Bravo. Y un tipo bravo —añadió sin querer, jugando a palabras.

—¿Cómo?

—Quiero una personalidad definida, al margen del color de la novela.

—Por descontado —dijo—. Déjame que prepare la mezcla. Y hágase.

El guionista pensó, provocó una de sus particulares pausas dramáticas, y murmuró, soltando ideas sobre la marcha. Sin filtro. Un poco de locura 'quijana' no podía faltar. Aunque no sabía que se le iría la mano. Necesitaría algo del espíritu bribón de Lazarillo. Quizá la mala suerte de Henry Wilt y el ateísmo social de los románticos. Sólo un poco de la paciencia de Edmond Dantes y, probablemente, algo de la 'gruñería' de Ignatius Rilley, junto a una dosis de la inocente ilusión por la vida de Sancho Panza. Y, por supuesto, la curiosidad del Principito. Si quería ser un protagonista con carácter propio no tenía más que seguir las enseñanzas de Alatriste o cualesquiera de los antihéroes de su creador. Lucas Corso, Teresa Mendoza, el pintor de batallas Faulques, Adela de Otero... Aunque es posible que el ejemplo de los anteriores fuera demasiado extremo para él, alguien que tendería siempre a cobardica. No sería, bajo ningún concepto, y por más que lo pidiera entonces, un tipo duro.

Tras serigrafiarle un perfil, el escritor lo lanzó sin paracaídas a un buen salto en el tiempo. El Registro Estatal Central había pasado de ser un organismo sin beneficio a una empresa bandera de los futuros de la gestión pública. Todo, gracias a los cambios que tan bien estaba implementando el coordinador general. Un visionario que supo ver dónde estaban las ideas ganadoras. En la gaveta de proyectos ignorados de todo un señor don nadie.

No guardaba rencores. Su vida recolectaba novedades a un ritmo frenético, infernal. Se sentía en la cresta de la ola. Nunca había probado la carne a la piedra. Ni los vinos criados en la uva 'pinot noir' de la reserva especial del 97 en los viñedos más recónditos de Elciego, San Gimignano o Napa Valley. Tales bebidas y tal comida se convirtieron en su menú habitual. Siguió una ruta de restaurantes cinco estrellas que siempre acababa con postre en el Thinking. Tenía la agenda repleta de sobremesas de trabajo con su nuevo mejor amigo, y el mejor amigo de un amigo de su mejor amigo. Pasaba de la oficina al bar sin rigor. Mezclaba una y otro hasta que no supo qué era tarea y qué ocio. Proyectos, proyectos, más proyectos. Actualizaciones, mejoras. Ideas en abstracto, socio. Abrazos, otra botella, más risas, chistes, bromas. Y más proyectos.

Entre copas, los amigos compartían risas sin fin. El amigo del amigo del jefe era asesor de oficio y farfante por vocación. Lo comentaba todo. Tenía datos más que suficientes para valorar el desastroso camino que había mantenido el REC hasta los cambios recientes. La desesperante cadencia de trabajo. La pésima gestión de los mandamases. Los ratos muertos entre cada visita de solicitante de documentos oficiales. Los tiempos tirados a la basura. Los innumerables paseos al baño. Las horas de pitillo en el callejón. El tic tac del reloj. Los silencios entre compañeros. La desmotivación, el desinterés, la inacción. En definitiva, una gravosa infrautilización laboral, el desaprovechamiento de las fuerzas del trabajo. Sacaba punta a todo lo que se movía en la Oficina Estatal de Fes de Vida. Allí os tocáis los mismísimos a dos manos, ¿verdad? Cuenta, cuenta. Es increíble la cantidad de recursos que se dedican para expedir un simple certificado.

—Eso de manejar las vidas de los demás es muy potente. Al final, tienes en tus manos el futuro de la gente, ¿no?— preguntó el asesor, soltando verborrea como si no hubiera un mañana.

Más risas. Y más cerveza. Una calada... ¿Te imaginas que, por error, te cargas una fe de vida? Bromas. Vaya lío, ¿no? Se puede, contestó él, si no vas con cuidado. Juegas con fuego. Dejas a un ciudadano sin capacidad social. No jodas. Risas. ¿Así, sin más? Liquidar un documento oficial es jugársela. La base de datos se actualiza tras cada deceso y cada nacimiento, pero es muy raro que desaparezca una fe de vida. Ah, pues ya que lo comentas. Pide otra cerveza, socio. Pásame el humo. Algún día me tienes que hacer un favorcillo. Y más carcajadas. Cuando te aburras. Risas. Una mañana de éstas que no tengas mucho lío me viene genial si eliminas la fe de vida de mi vecino Juanca. Soberano coñazo es el pimpollo. Te cuento.

Y contó el conflicto de colindancias que mantenía. El tal Juan Carlos, de apellidos Mínguez y Trónquez, no tenía apetencia más afortunada que cortar el césped con su cortacésped sonoro, siempre, a las once de la noche. Con la sonoridad propia del motor turbo de trescientos cincuenta y cuatro caballos de Bonanza que gastaba el aparato.

Le había pedido de todas las maneras posibles que cesara en la práctica. Al menos, a esas horas. Insonoriza el cacharro, madruga, cambia el césped natural por artificial de última generación, buenísima calidad. Ni regar, ni abonar, ni cortar. Solo retozar, lanzar bolas, pasear al perro, extender mantita y al lío. Nada. El vecino intransigía. Socio, necesito que les de un escarmiento. Borra su fe de vida. Aquí tienes su Código Local de Identificación Personal, lo anoté del acta de una de esas insufribles reuniones de vecinos. Toma. Cárgatelo, verás qué risas, dijo el mejor amigo del amigo del coordinador general. Sin prisas. Luego, cuando vuelvas al tajo. Y apuntilló.

—¡No hay huevos!

La mezcla de cerveza con porros, risas y vida social ahuyentaba miedos. El carácter del protagonista estaba aún en verde. Inmaduro. Y hubo huevos. ¡Qué risas! ¿Cómo funciona el tema? Seleccionar. Tecla de la flecha. Pulsar. ¿Recuperar más tarde? Sí o no. No hace falta. Eliminar. Eliminado.

Si pulsaba, el vecino de su nuevo mejor amigo podría seguir cortando el césped solo mientras no necesitara el repuesto para la batería de la máquina. No podría sacar dinero del cajero para pagarla. No podría poner la huella de entrada en el banco, ni en casa. No podría arrancar el vehículo digitalizado del que presumía en el barrio. No podría declarar su renta. No podría reclamar. No podría gritar. No lo oiría nadie ni en el más remoto de los desiertos. No podría huir. Estaría muerto. Aunque, bien pensado, no podría ni morir con entierro decente, esas cosas del ataúd, los nichos, el funeral. Nada. Tras el 'teclazo' estaría más que muerto. Sin fe. Oficialmente, no existiría. Por escandaloso y por molestar a deshoras. Un abrazo, dame un abrazo. Con huevos. Risas.

—¡Puto genio!

14

El puto genio tenía poder para pulsar una simple tecla. Esa tecla le alejaba de la irrelevancia. Como no pensaba, la pulsó. Y, al presionarla, se zambulló sin medir el tiempo en una espiral de risas infinitas. Risas por todo, en todo momento, siempre de la mano de sus mejores amigos. Más cerveza, más abrazos, más amigos.

Dispersó por completo. En pocas líneas se olvidó de la chica. El amor se desdibujó. Ella no iba a morir, ni mucho menos. Ahora estaban a la par. Ella con sus jaleos y él con los suyos. No necesitaba ducharse a diario con agua al olor de ninguna influyente. El escritor tenía razón, era enamoradizo. Como tal, gozó de lo efímero del atontamiento que sucede al flechazo. Y adiós. Por otro lado, nada sabía del amor, el amor verdadero, el que se tiene y se pierde, tarde o temprano. Los discursos de amor no eran más que palabrería de poema alejada de la vida real, de los hechos sonantes.

Borrada la chica, se alejó de la trama, de su papel en el cuento de su escritor. Protagonizaba uno real y se centró en éste. Y en las risas. Los abrazos. Las teclas. Arrancó a pilotar un plano secuencia sin pausas ni respiros. Comenzó a disfrutar los viajes de ida y vuelta, las fiestas de alto nivel, las fotografías en grupo con muchos 'me gusta', las cenas de trabajo, la Antartic Nail Ale, conocida como la cerveza más cara del mundo, hecha con agua de los decrecientes icebergs del polo norte. Cada cerveza iba regada con un abrazo, una gracia y, lo dicho, muchas risas. Entre risas fueron cayendo más complicidades, más proyectos de futuro. Más huevos. Sus amigos le descubrieron la conectividad total, las redes sociales y las charlas electrónicas que terminaban con cita fugaz. De éstas no guarda recuerdo alguno, por irrelevantes.

Acudía a la oficina a deshoras. Ya no fichaba a la entrada. No me interesa controlar a qué hora llegas. Me basta saber que ejecutas tu deber con responsabilidad, compañero. Así es la modernidad. Flexibilidad de horarios, gestión eficaz del tiempo. Conciliación. Sistematización de tareas. Meritocracia. ¡Qué buenas ideas! ¡Arrasamos!, gritaba el coordinador general. Cambiaron su computadora paleolítica por un portátil de última generación. Le encargaron un plan de eficiencia en la gestión de las fes de vida. Y una propuesta para rentabilizar los tiempos de descanso durante la jornada laboral.

Disfrutaba placeres y se acostumbró veloz a la libertad de los procesos, a la agilidad del trabajo, a los ratos llenos de cerveza y abrazos, a las novedades sin control en su vida. Se adaptó con cierta comodidad a las peticiones de una cantidad ingente de personal directivo, en todas sus versiones posibles. Cada mandamás, a su vez, se rodeaba de tres o cuatro asesores. Tranquilos. Hay un cuerpo de empleados extraordinario. Gente de mucha calidad, le dijo alguno de los directores generales ejecutivos. Mucho valor escondido entre los mostradores. Potencial por explotar. Vamos a sacarlo todo para armonizar rendimiento y felicidad, gritaban por las esquinas del edificio, entre partidas de futbolín y cafés de sibarita.

No esperaba, ingenuo, que entre las noticias de última hora en uno de esos amaneceres engañosos le incluyeran, sin anestesia, una carta de amor escrita de puño y letra que hubo de recoger en mano, personalmente, en la Oficina de Personas, antes llamada 'de Recursos Humanos'.

—Toda la razón, compañero. Habéis hecho una gestión impecable con el proceso de transición hacia la inteligencia tecnológica. La ciudadanía no puede más que expresar su gratitud por el lavado de cara que habéis acometido de manera impecable en el Registro Estatal Central. Ahora hay que zarandear el árbol. Alguna manzana verde siempre cae. Sobráis muchos. Un abrazo. Recoge.

Despido improcedente. Absolutamente improcedente. Inminente. Objetivo. Por razones de estructura. Con quince días de preaviso. En dos sábados serás libre para organizar tu futuro. Aún hay para ti toda una vida por delante. No lo veas como un problema, tómalo como una oportunidad. Reinventa. Adáptate. Ábrete a nuevos campos, qué edad tienes, no pareces tan mayor. Tan. Y con lo que sabes... Ha sido para nosotros una gran suerte de contar con tus aportaciones. La Oficina Estatal de Fes de Vida abre una etapa nueva, distinta. Difícil. Debemos reflexionar sobre su rentabilidad social. Recoge en un par de días la documentación para solicitar tu prestación por desempleo. Cómo te llamabas. Gracias y mil veces gracias por tu compromiso y por tantos años de dedicación. Es injusto, pagáis por pecadores. Ya eres leyenda, compañero. Leyenda. Bandera del futuro de ésta, con tilde, que es tu casa. Quizá, más adelante. En otra oficina del REC. En fin, las máquinas. Debemos mejorar nuestros flujos para darle su espacio a las máquinas. Ellas ya son sensibles, tienen sus sentimientos. Toca adaptarnos al tiempo que vivimos. Lo sabes y sabemos que lo comprendes. Todo nuestro ánimo. ¿Prefieres disfrutar los moscosos pendientes o te los abonamos junto con el finiquito?

15

Las figuras amorfas de las estanterías que ocupaban su hogar habían desaparecido en favor de una buena selección de libros. No los contó. Había cien. Entre ellos descansaba su diccionario ITER y allí estaba el origen de la palabra. Finiquito. Certificación que se da para hacer constar que las cuentas están ajustadas y el perceptor, satisfecho. La palabra se construía con un sufijo que solía indicar pequeña proporción. Parecía tímida. Amable. Y sin embargo, estaba cebada con dolor y un adiós. Es el fin. Quita. Vete. Estás fuera. Sin más. De un día para otro.

Le brotó en el estómago un flujo de bilis incontrolable. Un torrente desconocido. Jamás se enfadaba, él no enfurecía. Por nada. Hasta la fecha y el despido. Se tentó las orejas y le ardían. Las aletas nasales se desplegaron, los ojos le saltaban de las órbitas. Era incapaz de controlar los movimientos involuntarios que ejecutaba su pierna derecha. Temblores, una pulsión enfermiza por el llanto. Desde unos capítulos atrás, sentía. Y sintió dolor, rabia, enojo, una dosis desproporcionada de mala leche de calidad. Le vino a la mente una palabra en tres letras. Ira. Sentía ira.

—¡¿Dónde coño estás?! —gritó, ya en trayecto ciclista desde su piso hasta la biblioteca pública y después de comprobar que el escritor no calentaba acera frente al Thinking. Asustó a los pájaros y le respondió el silencio. Llegó frente al almacén de libros. La estatua del almirante inglés que ocupaba la plaza aguardaba compañías, aburrido. Él no era la mejor.

El escritor no aparecía, así que pedaleó con ansias para soltar lastre de enojos. Los kilómetros le dieron aire y bajó el calentamiento global que sufría pese a la ausencia de calores. Mejoraba por días su condición física, como consecuencia del uso habitual de la bicicleta urbana. Aún no se atrevería a coronar puertos de montaña, pero ya atacaba las cuestas con ánimo. Su despido había actuado como acelerante hacia un ritmo endiablado de serpenteo entre los peligros que regalan todas las ciudades a sus ciclistas.

Notó la cercanía del mar, quizá por la presencia objetiva del puerto pesquero cuando echó pie a tierra tras unos kilómetros contra el reloj y sus cabreos. El señor Colón, maese Cristóbal, daba la bienvenida a los muelles desde una columna eterna en su camino al cielo. Todos los días descubría algo de la ciudad. Definitivamente, había dejado de ser Farmington muchas páginas atrás. Al genovés le merodeaban gaviotas asesinas. Hacían su propia guerra de supervivencia a los humanos con gritos histéricos y mierda corrosiva a raudales.

Se sintió de piedra, como el descubridor y como el almirante inglés. Sin capacidad de obra. Anquilosado, a merced de los meneos de la gente. Del escritor, de sus compañeros, de sus próximos exjefes. Se imaginó con cuernos, hocico y cara negra. Bufidos, seiscientos kilos y rabo de toro. Se vio hecho un toro. O, para ser certeros en la expresión, se sintió toreado por un capote sin colores y un diestro de incógnito. Ciertamente, sabía poco de toreo. Casi nada. Nada. Pero iba tras un trapo rojo y se supo al manejo de otros, siguiendo una corriente de olés de la que no se sentía partícipe. Todo era una broma de mal gusto o el cuento de alguien. Si, pese a su nula voluntad por el tema, la novela estaba en marcha y el despido formaba parte de la trama, había llegado el momento de que el escritor asumiera el mando y marcara rumbo. Pero no daba señales de vida, y eso que era aficionado a apariciones y evaporaciones estelares. Mientras esquivaba mierdas de gaviota recibió un mensaje en el teléfono.

EL DESPIDO NO ES COSA MÍA

—¿Seguro? —respondió al viento, puesto que seguía solo, sin compañía de otros, entre las calles de la ciudad. Buscó a su amigo entre las dársenas del puerto deportivo. Ni en el pie de la colina, al fondo. Ni frente al mar, junto a unos edificios hechos de ladrillo a la vista. Del escritor no había ni rastro.

SEGURO

Al segundo, sonó otro mensaje.

ES DECIR, NO. NO LO SÉ, SOCIO

A lo cual le siguió un último texto.

YA HABLAMOS. BESOS

Transitó hasta un lugar de innecesaria descripción para este relato. Un lugar tranquilo. Sin más. Un lugar en el que pudo echar la vista atrás, lo suficiente para verse en perspectiva desde aquel amanecer engañoso. Al final, había pagado con creces, y mucho antes que cualquier cajero de supermercado, por los avances de la tecnología. Gracias, actualización de procesos. Gracias, transición digital. Gracias, inteligencia de datos. Sobráis muchos, dijeron. Entiende que no es cuestión de nombres o personas. Nada personal. Eres prescindible. Tú, y todos los que son como tú. Masa. Accesoria, sustituible. De piedra. Innecesaria.

Buscó ayuda. Consultó al Comité de Representantes de los Trabajadores del Registro Estatal Central. Por respuesta le dieron un abrazo. El sindicato no atiende cuestiones personales. Estamos todos igual, o peor. Lo que se nos viene encima es de locos. En nada, las máquinas tendrán derechos, como nosotros. Nóminas electrónicas, turnos, jornadas de descanso. Ya estamos negociando un contrato social que proteja a la inteligencia artificial, desde la ética. No nos queda más salida que el reciclaje. El Comité ama a las personas, no es ése el problema. Pero los oficios están en cuestión. El zapatero. ¿Qué hará el zapatero cuando compremos el calzado a través de la tecnología de impresión digital en tres dimensiones? Visitas la zapatería virtual desde tu ordenador, pones el pie, te lo escanea un robot y te fabrica el zapato a medida con el material, la forma y el color que más te guste. ¿Qué remendará el hombre? Y así, con oficios y profesiones de siempre. Pronto, un dron será mucho más eficaz en la extinción de incendios que un bombero. Policías, vigilantes, militares, operadores de telefónica, carteros, médicos, arquitectos, porteros de vecindad, agentes de viaje, oficinistas, impresores, torneros fresadores... Todos estamos en peligro. Salvo los de Comité, claro, que para eso sirve un comité. Para salvar el culo. Mucha suerte, compañero.

Volvió al Registro Estatal Central. Se solicitó a sí mismo su fe de vida, sin rellenar, y el impreso de vida laboral, toda ella en el REC, que él supiera. Se sintió inútil mientras estudiaba reglamentos legales a la caza de un resquicio en su inminente baja laboral obligatoria. No había modo. Despido improcedente. Indemnización y a la puta calle. Acumuló un cargamento de información sobre documentos y pasos para solicitar la prestación por despido. Completó formularios de inscripción a los cursos de formación obligatorios para los beneficiarios del subsidio por desempleo: cherchés (lengua rural de las montañas que el Estado potenciaba para enraizar su autóctona cultura milenaria), informática, cocina oriental creativa, técnicas de tornillería, ofimática esencial, numismática aplicada y unas cuantas disciplinas acabadas en '-atica' cuyo fin desconocía.

Visitó la Oficina Estatal de Empleo y Desempleo. Hizo cola. Toda la mañana. Quizá, todo el día. Incluso, es posible que aguardara su turno durante toda una vida. Y, al fin, un compañero en la administración pública le informó de que no podría solicitar el subsidio por desempleo en tanto en cuanto no finalizara su relación contractual con la empresa pagadora. En idioma ciudadano: vuelve cuando te hayan puesto, oficialmente, en la puta calle. No antes. Ni después.

En esos ratos, dedicó un tiempo incontable a coronar cimas ciclistas, arriesgar la vida bajando los puertos a tumba abierta. Buscó amigos, gritó al escritor, que no aparecía. Echó de menos su guía en una historia que no quería protagonizar. Ni quería ni sabía.

Amaneció. Durmió. Pasó. Sentía una cierta cotidianeidad distinta a la anterior a aquel lejano día mentiroso que todo cambió para él. Aprendió de ocios. Amasó pan, horneó cerámica, tejió ganchillo, eligió cortinas para las ventanas blancas de su hogar, bailó zumba, cantó gregoriano, meditó sin éxito. Por la rabia. El furor no le abandonaba. No superaba los accesos de furia, dolor, enojo. Ellos, sumados a una cantidad desproporcionada de inútil tiempo libre, se le fueron acumulando en el sistema límbico. Y, claro, cuándo le mentaron los huevos, tardó lo justo en cocinarlos estrellados, con todo su córtex prefrontal al servicio de la venganza.

—¡No hay huevos!

De sobra para liquidar las fes de vida del coordinador general, el gerente coronel, el subdirector ejecutivo, el vicemandatario legislativo, el presidente del comité, el secretario y toda su junta y, ya de paso, de todo el que se cruzara en su camino.

Le sacó gran partido al portátil futurista que le habían asignado para sus tareas a deshoras. Encender. Acceder. El usuario y la contraseña estaban activas y lo estarían, según disponía el reglamento de ceses involuntarios de actividad laboral, hasta el día en que el empleado desempleara. Configurar. Nueva pantalla de navegación anónima. Explorar. Seleccionar. Eliminar. Explorar, seleccionar, eliminar. Explorar. Seleccionar todos. Eliminar.

—¡Olé! —soltó con sonoras palmadas sobre los omoplatos el amigo del amigo. Y añadió— Tú, conmigo, socio. Familia.

El Thinking se convirtió su segundo hogar y el socio, su único paño de mocos. El camarero seguía sin prestarle atención, pero importaba lo justo. Gastaba ratos solo en la barra o mano a mano con su charlatán. Allí contó que aún no había pensado qué hacer con su vida (jamás pensaba). Que, tras años y años en el REC, quizá solo sirviera para trabajar detrás de un mostrador, tecleando fichas y sellando certificados. Que su especialización en datos era inútil en cualquier otro oficio. Que tendría que olvidarse de invitar a esas rondas de Antartic, y de comer, de dormir bajo techo. Que no sabía cómo hacer eso de cambiar los aires. Tenía algún proyecto que otro. Entre ellos, protagonizar una novela. Sí. Curioso. Un escritor le había elegido como personaje para una historia de ficción. Negra. Estaba todo cogido con pinzas, dijo, pero quizá era el momento de bajar el proyecto a tierra y darle prioridad. A la mierda el REC. A la mierda esa gentuza, respondió su amigo, el amigo del amigo de su próximo ex coordinador general. Qué poca consideración, coño. Eso no se hace. No, señor. Ni verlo, quiero, a ése. Poca vergüenza. Se van a cagar todos. Elimina, socio, elimina. Selecciona y elimina. Muy bueno, serás novelista. Es genial. Explora. Elimina, dijo. Y siguió.

—En la vida hay dos clases de tipo. Tienes valores o tienes ambiciones. Tú y yo somos del primer grupo. Valoramos la familia, la amistad, el abrazo de las tardes, una cerveza con risas.

—Tanto valor carece de valor, ¿quizá?

—Así funciona esto, socio. ¿Eres lobo o cordero?

—Obviamente, un becerro de gran campana —dijo, sin pensar.

—Corderos, somos corderos. Nos protegemos entre nosotros, socio. Y nos preparamos para el ataque del lobo. En algún momento, se confía porque se siente superior, abrumadoramente superior. Te desprecia. Se despista. Entonces, cornada por un lado y mordisco a la yugular por otro. En equipo. Y nos follamos al lobo. Con perdón, que no soy de usos vulgares, pero lo injusto me enerva. Y tu jefe, que es muy lobezno, me tiene de una mala hostia...

—¿No preferirías ser como él? Por vivir desde arriba.

—¡Sinvergüenza! Yo muerdo, me alimento y dejo vivir. El lobo vive para matar. No disfruta. ¡Qué vida es ésa!

Socio. No se mira atrás. Sin miedo, dijo. ¡A saco con nuestro amigo, entre comillas! E hizo el gesto de las comillas sobre la idea de 'amigo'. Muerde. Selecciona. Elimina. Y a otra cosa, siguió. Ahora tienes tiempo. Antes de que perdamos el acceso al Registro, hay un listado de gente que deberíamos actualizar en la base de fes de vida. Te paso estos días unos cuantos códigos de identificación. Gentuza. Nos espera una misión: limpiar la escoria de nuestras calles y nuestras instituciones públicas.

—Lee cualquier periódico —dijo.

El socio le presentó un elenco de maleantes de toda calaña. El desgraciado que se paseaba por la ciudad rayando los coches de los buenos convecinos que no se podían permitir una plaza de garaje. El 'hijoeputa' que había linchado a su mujer a escobazos hasta dejarla sin un ojo, sin casa y sin vida. La loca que mataba, sin mediar razón, a quien le discutía cualquier mierda en el bar del pueblo. El kamikaze que se había grabado un video circulando a más de doscientos por hora y en sentido contrario en la carretera de circunvalación de la ciudad. Justo después de publicar en redes el puto video viral había invadido el carril contrario. Se llevó por delante a un padre de familia que volvía a casa después de doce horas al volante de un taxi. Gentuza. Malnacidos. Son mierdas sin media torta, dijo el chistoso. Sin piedad. Y siguió. Prioriza, por favor. Elimina, socio. Por cierto, me hace falta que te cargues a un director financiero que jode nuestros negocios más que respira. Dame un abrazo. Socio.

Seleccionó y eliminó entre cervezas y abrazos. En situaciones como ésta es cuando uno sabe quienes son los buenos, escuchaba de su 'amigo'. Familia. La de verdad. ¡Brinda, coño! Por la familia. Eres mi familia. Elimina y te quedas a gusto. Te lo mereces. Y en quince días nos organizamos con lo tuyo.

—¿Cómo dijiste que te llamas? —preguntó él.

—Lotti. John. Cordero, a mucha honra. Choca esos cinco, socio.

16

John Lotti exhibía pintas con las seis letras. Se veía de poco cuerpo. Fino. Atlético. Barba de dos días, perenne. Pelo rizado de peluquero a la carta. Festivalero. Desbordante. Siempre armado con americana a cuadros y pantalón a juego. Pitillo. Mocasines rojos. Medalla dorada al cuello con imagen religiosa.

Era el pequeño de siete hermanos en la tercera generación Lottino, familia de origen napolitano que había migrado a otros sures allá por los veintes del veinte, cuando aquello de la industrialización y el cambio del arado al tractor. Desde entonces, los Lotti habían controlado el comercio de alcoholes de todos los colores y de algodones de distintos sabores, el tráfico de computadoras y tecnología de vanguardia y un negociado especial de liquidaciones por la vía rápida de competidores molestos: los Castellano, los Gali, los Furella, los Fancheta, por mencionar algunos de los más reconocidos, habían abandonado involuntariamente la ciudad tras el correspondiente paso por la piedra, en el que los Lotti eran especialistas.

Cuentan las lenguas antiguas que, además de versado en pases pétreos, el pequeño Johnny tenía afición a los jaleos y había participado desde sus juventudes en unos cuantos. Algunos, costosos. Demasiadas fiestas terminaban con un yate ardiendo; demasiadas apuestas, con la cabeza de un rival abierta de par en par tras un sonoro bateo; demasiadas inversiones a fondo perdido en operaciones tecnológicas de rentabilidad segura daban la razón al nombre. En el fondo, perdidas. De ahí que la familia, tendente a discreta en las formas públicas, estuviera un poco hasta las narices del Johnny. Cuando éste decidió explorar vías de explotación alternativas al negocio clásico de la extorsión nadie prestó curiosidad por el plan. Tuvieron que tragar, dijo el susodicho. De hecho, la familia dio soporte al cambio de aires del joven. Incluso, entre algunos tíos y primos se intentó que lo de explotar fuera más bien explosionar. Estaban deseando llorar el reventón del chico, creía el chico. Como se marchó bien lejos, le dejaron seguir repartiendo risas y abrazos. Siempre que se mantuviera lejos. Y mientras no provocara demasiado ruido. Bien lejos.

Lotti era un liante pero contaba más carreras que estudios y no se le veía un pelo de tonto. Diversificaba. Revoloteaba. Investigaba. Preguntaba. Entendía. Emprendía. Y tenía entre manos un negocio redondo. Seguridad inteligente, dijo.

—Un pelotazo. Que parece que vives en Marte, socio. Te cuento.

No es ningún secreto que, a día de hoy, el noventa y cuatro por ciento de la población está en linea y conectada, por distintas vías, a todo. Por trabajar, recibes cada mes un dinero que va directamente a tu banco. Ese montante lo gestionas desde el móvil para pagar el alquiler o la hipoteca, las compras, los viajes, el colegio, los préstamos, la luz, el gas, el agua, los datos, los caprichos... Puedes pasarte años sin necesidad de ver un solo billete de los que guardas en tu cuenta bancaria. Vivimos una economía 'afísica', dijo Lotti. Si un maldito día cualquiera los mortales nos pusiéramos todos de acuerdo para sacar nuestra pasta de los bancos esto se iba a la mierda en quince minutos. De hecho, ya hubo amagos.

Además de cobrar y pagar en línea, tenemos ayuda conectada casi para todo. Trinca tu móvil, socio. Esos cuadritos con dibujos llamativos que ves son aplicaciones. El ejercicio físico nos los controla una aplicación. El sueño nos lo controla una aplicación. La salud nos la controla una aplicación: la tensión, el colesterol, el ácido úrico. El marcapasos nos lo controla una aplicación. Al mínimo desfase en el ritmo ventricular, la aplicación lanza una alerta que reciben el centro médico y la unidad móvil de emergencias, que manda una ambulancia y a la vez te llama a ti o a tu familiar más cercano para que te administre un medicamento que amaga infartos de manera urgente y fiable. Todo está en manos de su correspondiente aplicación, que sabe qué es lo mejor para ti. Gasta tuercas, sí, pero también es inteligente. Y aprende más rápido que tú porque tiene millones de circuitos dedicados a aprender. Al contrario que tú. Tus circuitos neuronales se dedican habitualmente a discutir entre ellos. Como mucho, a negociar treguas e intentar entenderte. La mayoría de las veces, sin éxito. Llega un punto, pronto, en el que tu aplicación te conoce mejor que tú a ti mismo y decide cuándo tienes que comer, cuando tienes que dormir, cuando tienes que correr, cuando reducir el consumo de cafeína, cuando y cómo tienes que votar.

Pero ya hemos dado más pasos. ¿Recuerdas el rollo que contaba el sinvergüenza de tu coordinador general? Ah, que te lo copió. Y tú, en el limbo. Sabrás, entonces, que 'anonimizar' es disociar los datos personales de sus dueños en el entorno tecnológico, en las aplicaciones. Por mucho que el REC haga lo posible por proteger tus datos, eres tú el que los entrega a diario. ¿Cómo? Gracias a la conectividad mundial y a tus ansias por compartir fotos, comentarios, videos, compras. Regalas tus datos íntimos, casi en tiempo real, a todas las empresas a las que te atas por hipotecas, préstamos, pagos pendientes de ejecutar o compromisos de permanencia más o menos abusivas. ¿Cómo? Te cuento. Es práctica común acogerse a promociones y ofertas en compras diarias a través de la red. Cuando aceptas un regalo promocional entregas todos sus datos personales por el módico precio de cero céntimos. Todos los que te piden al rellenar el formulario para trincar el 'regalo'. Tú mismo entregas tu nombre y apellidos, edad, dirección, teléfono, pulsaciones medias diarias, saldo mensual, preferencias ideológicas, gastos habituales y extraordinarios por sectores, color favorito, grupo de música preferido, equipo de fútbol y sistema de juego ideal, cantidad de amigos sociales, número de veces que se produjo en tu vida una ruptura sentimental, cambios de acera pasados, posibles o futuros...

En el noventa y nueve por ciento de los casos no lees las cláusulas que firmas al aceptar la promoción cuando compras tomates desde el sofá de casa, en linea. Un ejemplo práctico, real. Compra hoy y te regalamos un céntimo por kilo de tomates y, además, nos los pagas en cómodos plazos a lo largo de dos años. A cambio, nos rellenas este lindo formulario. Ah, y te comprometes a comprar los tomates sólo con nosotros durante esos mismos dos años de tu vida en los que estás pagando la primera compra. Si no cumples, penalizamos. Y por cada compra, más compromiso de permanencia. Hasta los doscientos cincuenta años de vida. Además, como las empresas de tomates no nos vamos a pisar la manguera entre nosotros, dentro de las cláusulas del contrato firmas tu cesión voluntaria de datos para que la tomatera los comparta o los venda al resto de compañías del sector. Así, entre todos, crean una base de datos gigante con la que llegan a saber al dedillo qué le pones al tomate en ensalada, si lo acompañas con lechuga, canónigos, rúcula o escarola, a qué hora y con qué frecuencia bates tomates para hacer zumo, gazpacho, salmorejo o porra antequerana. El sector tomatero, además, comparte tus datos con otros sectores alimenticios gracias al permiso que le has firmado sin enterarte. Y éstos, a su vez, comparten con empresas de bebidas, con empresas de carne y pescado, con empresas de productos del hogar, con empresas tecnológicas, con empresas de viajes, telefónicas...

En otro paso más allá, con la promoción en la que ahorraste el céntimo por kilo firmaste sin saber un permiso para que la empresa active el micrófono de tu teléfono listo y oiga, grabe y/o guarde todas tus conversaciones. Según reza en la cláusula sesenta y nueve, el único objetivo es comprobar si te gustó el tomate. No hay más intención oculta para monitorizar tus charlas. Por favor.

Cuando, por casualidad, le confiesas en íntimo a un colega que te pusiste rojo como un tomate al saludar a la chica que te gusta, pero que no te hizo ni puñetero caso, por calzonazos, la alarma de la empresa tomatera salta. Has pronunciado 'rojo' y 'tomate'. Alguien revisa la conversación y se da cuenta de que no hablas de alimentos y sí de relaciones interpersonales. Entonces, te hace el gran favor y comparte tus datos personales con empresas de citas a ciegas en tiempo real. Éstas, serviciales, se ponen en contacto contigo para ayudarte en tu timidez y tu crisis sentimental. Tú, tímido, rellenas por curiosidad morbosa una encuesta en la que hablas de tus emociones, y del tipo de chica o chico que te gusta, y vuelta a empezar con el viaje de tus datos a través de la red. Te regalan un mes de prueba gratuita en una aplicación de citas reales. Se te olvida cancelar la suscripción y a los veintinueve días te cobran un año completo. Imaginemos que la usas y te va fenomenal. Conoces al amor de tu vida. Te obliga, celoso o celosa, a que canceles tu suscripción. En el proceso, la compañía te guía por los pasos y te pide que les cuentes por qué te das de baja. Le cuentas que estás enamorado sin remedio. A lo loco. Le confiesas que tienes pareja y estás pensando criar churumbeles a puñados. En esa encuesta final das permiso para que la aplicación comparta tus datos con empresas del sector 'cásate y forma una familia feliz': color de ojos, altura, peso irreal, intereses sociales, películas vistas, libros leídos, marca de vino y tipo de uva preferido, hoteles de carretera para dormir y no dormir de incógnito, conversaciones mantenidas con tu pareja y con las citas anteriores que salieron rana...

Este es el juego diario en el que tiran sus vidas las masas. Esto pasa hoy, y todos los días, en todos los hogares decentes, dijo Lotti.

—Ahí entramos nosotros—. Y continuó.

Tras un estudio serio y riguroso de las oportunidades que las nuevas tecnologías ofrecían, Lotti había decidido ayudar a la sociedad protegiendo a la ciudadanía de desfases, conectividades sin fin y robos virtuales. Porque, visto lo visto, el equilibrio de las personas, y sus datos personales, pendía de un hilo muy, muy, muy fino.

Por no extender sin necesidad la narración, resumimos el método de trabajo que había desarrollado Seguridad Inteligente Lotti. Los empleados del Johnny creaban un cortafuegos entre los datos económicos de cada ciudadano y las empresas. Prestaban especial cuidado con las tendentes a abusar de la clientela despistada. Ante un conflicto, ellos camuflaban los datos, los escondían.

Pongamos que te detectan una alergia mortal al tomate raff. Y tienes firmado el suministro de dicha variedad por los próximos quince años. Las tomateras no viven de sentimientos. Y les da igual si el fruto te gangrena los brazos. Gracias por acudir a Lotti. Tras la contratación de nuestros servicios, el ciudadano desaparecía a los ojos de las tomateras y todas sus compinches hasta que éstas, o sus empresas de recobros, dejaban de dar el coñazo con el rollo de las cláusulas abusivas. Si los recobradores se pasaban de pesados, entraban en acción los primos de Lotti con una toma de contacto cara a cara con los responsables de las empresas acosadoras. Mediaban. Cara a cara. Solo palabras. Casi siempre. No había ninguna necesidad, ninguna, de andar molestando a diario a las personas con llamadas de teléfono amenazantes a la hora de la siesta. Bate arriba, bate abajo, al final, las empresas de recobros terminaban entendiendo.

El sistema no era del todo cómodo. El afectado no podía seguir comprando tomates a las empresas reclamantes, pero era algo que con lo que se podía sobrevivir. Y más, teniendo en cuenta que el perfil del cliente era escogido. No eran, los servicios que prestaban Lotti y los suyos, para todos los públicos. Su equipo de análisis realizaba un estudio minucioso del grado de conectividad de personas influyentes, conocidas, adineradas. Y sobre ésas trabajaban. Pero...

—El tema de las fes de vida nos ha abierto las puertas de nueva posibilidades, amigo.

...Desde que un empleado, con una tecla, podía seleccionar y eliminar el documento que los ciudadanos necesitaban para cualquier gestión pública, todo era más fiable. Más certero. Más fino. Ya no trabajaban a la contra. Se anticipaban a las empresas abusonas. El tema dio mucho juego conforme fueron realizando pruebas. La inexistencia de fe de vida tenía como consecuencia inmediata que el CLIP del ciudadano de turno dejaba de tener validez. El código era uno de los datos que las empresas y todas las aplicaciones en línea reclamaban, siempre, como obligatorio. En el momento que las tomateras recibían la notificación de que el Código Local de Identificación Personal de tal cliente no era válido, activaban la cláusula ciento veinticuatro del compromiso firmado por el usuario, referente a infracciones por pérdida de identidad social. ¿Resultado? Las empresas deudoras, ante el pánico del impago, intentaban vaciar los bolsillos al ciudadano sin código en vigor. Iban a por el importe a débito completo más los intereses y penalizaciones por el incumplimiento contractual. Quien dice tomateras dice entidades bancarias, compañías telefónicas, aseguradoras, empresas eléctricas, compañías de aguas, escuelas de idiomas, aplicaciones sociales...

Seguridad Inteligente Lotti contaba con un equipo de eficientes investigadores y peritos informáticos que, prevenidos de que el código de turno y la fe de vida del ciudadano iban a ser desactivados, en los cinco minutos que tardaban los procesos en ejecutarse, dejaban limpias las cuentas bancarias del ciudadano y se hacían con el control de sus identidades y perfiles sociales. Lotti se adelantaba a las empresas deudoras. Cuestión de agilidad, dijo. Y cuando las arpías pasaban el abusivo cobro por caja, ésta ya tenía telarañas. O no existía.

A continuación, el ciudadano entraba en pánico al darse con la realidad, y con que era alguien sin vida, personalidad social ni capacidad alguna para denunciar el abuso de posición de las empresas o el vaciado de sus cuentas económicas. Sin vida, ni personalidad, ni dineros, ni idea de por dónde empezar las reclamaciones contra empresas a las que solo le vinculaban conversaciones, autorizaciones y contratos firmados en línea que el ciudadano no poseía, claro.

Como ya se ha dicho, Lotti diversificaba negocios. No era un ladrón sin más. Ni un matón de los antiguos. En función de los intereses que le unieran al ciudadano en cuestión la estrategia era distinta. A algunos les ofrecía sus servicios para recuperar parte del expolio, con los mediadores y con su equipo de seguridad experto en delitos informáticos puesto a disposición del cliente. Si conseguían recuperar parte del dinero para el ciudadano, que lo conseguían siempre, facturaban con creces por ello. Limpio y absolutamente legal. Blanco inmaculado.

A otros, sin embargo, les cobraban viejas rencillas. Les dejaban sin un duro y punto. Cosas de familia y/o vecindades, dijo. Y siguió. Un trabajo limpio. Pulcro. De fino estilista. Ten en cuenta que, cuando suena la alarma, el ciudadano reclama a las empresas de tomate. Además, éstas no tardan en anunciarle, con un sencillo mensaje, que deben tanto y cuanto, y que han intentado descontar sus deudas de la habitual cuenta de cargo dada la notificación recibida de la baja de su código de identificación y que solo ha abonado un porcentaje y que se apresure a pagar el adeudo so pena de ejecutar penalizaciones en los minutos subsiguientes. El equipo de informáticos de Lotti Seguros no aparece, nunca, en ningún caso, entre las broncas del ciudadano con las tomateras de turno.

Una tercera vocación de Lotti era la de impartir justicia divina. Un departamento de Seguridad Lotti rebuscaba entre los periódicos hasta dar con delincuentes ya condenados en firme y que habían jodido más de la cuenta a la buena gente, a los pobres del pueblo, a los inocentes. Y con ésos, gentuza, a saco, dijo. Los Lotti eran corderos con sentimientos. Más o menos.

No contó el socio, por no extenderse demasiado, su cuarta vía: otro departamento se ocupaba en exclusiva de auscultar más candidatos. Gente mayor, solitaria, con unos ahorros acumulados tras vidas del montón, con nivel bajo de estudios, nulo conocimiento de los recursos legales a su disposición y, a poder ser, impedidos física o emocionalmente para reclamar nada a nadie más allá de su mecedora y su mesa camilla.

—Socio, dame un abrazo. Sin miedo. Dinero que vuela, a la cazuela.

—De primeras, el asunto no me hace ni puñetera gracia.

—Y parió la ética. Olvídate de cuentos. Aquí no hay debate moral. Borramos las fes de vida de gentuza. Ojo por ojo. Es así. La vida. Y ayudamos a inocentones y desgraciados que se matan a visitar páginas poco recomendables en la internet. No podemos hacer otra cosa por esas personas. Salvo ayudarlas y cobrar una comisión. No vivo del aire, socio.

—Aún así. Tus trapicheos no me interesan lo más mínimo —dijo, mientras se le enrojecía el semblante.

—Toma una cerveza. No estreses. Los negocios son los negocios. Para que unos ganen, otros tienen que perder. Eso de ganar y ganar es un cuento chino. Te lo digo yo. Y tampoco hay que ponerse en plan borde, socio. Además, no hay problema si quieres rajarte. Cagón. Desde el cariño.

—Te lo agradezco. No me veo —insistió—. Insisto.

—En esto, tú también ganas, como el que más.

—¿Gano? ¿Qué gano?

—Sigues con vida.

—Eso suena a amenaza.

—Perdona, no lo pretendía, socio.

Verás, me enrollo como una persiana veneciana y no te he contado algo. ¿Recuerdas que me hablaste de tu novela? Me he informado. Resulta que es genial, todo eso de la aventura, embarcarse en un cuento, mano a mano con un escritor... Él escribe y tú protagonizas. Muy buena idea, socio. Os apoyo al cien por cien. Lo que necesites, ya sabes. La familia Lotti comprará mil doscientos ejemplares de tu libro. Si, al final, lo publicáis. Verás. Tal y como yo lo veo, el fastidio es que dependes del ritmo de escritura de tu novelista, para todo. Te maneja a su antojo. ¿No? Eres una marioneta integral. Estás en sus manos.

—¿Y?

—Y él está en las nuestras. Ahora.

Hemos invitado a tu escritor a pasar unos días con la familia, en una casita en el campo, en un sitio fantástico y a tomar por culo. Está allí tranquilo y ya nos ha contado al detalle cómo funciona todo esto de vuestra novela. El problema es que no puede escribir demasiado. Perdón, corrijo. No le dejamos escribir. Y, según parece, si él no escribe, tú estás muerto en un pis pas. No sé cómo lo hacéis, ni me interesa. No suelo leer. Es decir. La verdad, uso los libros para calzar mesas cojas y no seré quién me meta en vuestros negocios. Tú seleccionas y eliminas. A cambio, yo permito al escritor que siga dándole a la tecla de vuestra historia. Fácil. Así no necesitamos matarte, socio.

De hecho, la primera idea era otra, contó el mafioso. Con el propósito de que no hubiera pegas ni cuestiones morales por parte del necesario héroe y cómplice, y sí muchos huevos para acometer la tarea, los primos de Johnny habían cursado orden de retención amistosa e involuntaria de la señorita de los videos víricos, perdón, virales. Enamorado hasta las trancas como estuvo, el señor don nadie seguiría eliminando fes de vida y recibiría, a cambio, suculentas pistas sobre el paradero de su Dulcinea. Mientras daban forma a la logística para el rapto tuvieron la sensación de que la chica había perdido presencia en el relato. El protagonista hablaba poco de ella. Y, para ser sinceros, tampoco conseguimos localizarla aún siendo colaboradora nuestra en temas publicitarios. Ya te contaré. Unas cremas que hacemos para las arrugas. En fin. Tengo una panda de primos que a veces demuestra una calma de reflejos inusual, contó Lotti. Más que primos parecen primates. No descarto volver sobre la idea, dados los altibajos en cuestión de amores que desprendes, pero lo del escritor y vuestra novela vende mucho más. Ésa sí es una buena historia para un crimen perfecto. Me cargué al escritor y el protagonista se apagó él solito. Fluye amor por todos lados. Por cierto, tú no serás gay. Homosexual. Sarasa. LGTBI. No hetero. Desconozco cuál es el término socialmente más aceptable y menos insultante. Por favor, yo respeto y comparto. Bueno, no comparto el gusto por mis semejantes hombres, pero comparto que se comparta.

—No sé si me explico.

En resumen. Tenemos bajo tierra al escritor. Sin papel ni pluma. No puede escribir, por el momento. Apenas. De hecho, nuestra recomendación para él ha sido que se centre en estar tranquilo y consumir poco oxigeno, el que le va quedando. Que se nos acaba. Aún tiene aire. Sólo mientras selecciones y elimines las fes de vida necesarias. Toma la lista de CLIPs afortunados. Y de regalo, un magnífico reloj inteligente de última generación, con toda la tecnología a nuestro servicio. Cada doce horas suena una alarma, por si se te va la pinza y te olvidas de seleccionar y eliminar. Por cierto, no te preocupes demasiado. El escritor está feliz. Me pide que te traslade la importancia de una cuenta atrás como la nuestra en una buena novela negra. Sin presión, la trama no fluye ágil. Se dejará la vida en la escritura. Si se lo permitimos, claro. Eso ha dicho. Tú lo entenderás mejor que yo, socio. Vosotros, a lo vuestro. Recuerda. El 'peluco' te avisa de la falta de oxigeno de tu colega. Selecciona y elimina. Que no se te pase, que te lo cargas en un soplo. Por favor, solo los nombres que están en la lista. Limítate a la lista. No más, no abuses. Socio.

17

Podríamos pensar que el protagonista no se sentía héroe, y que fue el instinto el que le hizo acudir al teléfono. Nada de eso. Nada de instinto. No le movió un impulso. Fue la aplastante lógica de las cosas en la vida real, aunque por entonces aún no hubiera leído un pasaje que escribió Crispin para Cadogan en 'La juguetería errante' y que, ya por entonces, le hubiera resultado útil: "Algo que detesto en el mundo es esas novelas en las que los personajes no van a la policía cuando no tienen ninguna maldita razón para no hacerlo".

Ayuda. ¿A quién pedirla? Debía poner en conocimiento de las autoridades el chantaje al que le estaban sometiendo. Avisaría a las fuerzas y cuerpos de seguridad del pueblo. Una cosa era bromear entre colegas y dar un pequeño susto a algún irrelevante de la masa y otra, que le empujaran a cometer alteración continuada de documento público, abuso de poder, prevaricación y no sabía cuántos delitos más. Si hacía cuentas, no le bastaban las manos para contar los años en chirona por delito, con cargo a cada fe de vida que ya se había fundido. Y de las que se fundiría, sí seguía por el mismo camino.

Buscó en las páginas amarillas el número de la oficina del 'sheriff' y marcó el cero-nueve-uno en un teléfono rojo que había en casa. Desconocía su origen, no así el funcionamiento. El aparato exhibía su marcador rotatorio, su cable en espiral, su auricular grande y, obviamente, rojo.

Colgó cuando la rueda de tonos giraba hacia el uno porque la llamada coincidió en el tiempo con un estruendo que provocó Juanca, desde la calle. Su primera reacción al estallido fue echarse a tierra tras el sofá, lejos del salto de cristales rotos que escupían las ventanas. ¿Quién era Juanca? Juan Carlos Mínguez y Trónquez, vecino de Lotti. El cortacéspedes llenó de piedras su hogar, previo paso a través las ventanas cerradas, en señal de gratitud por haberle hecho objeto de sus gracias de bar. Por seleccionarlo y eliminarlo. ¿Cómo reconoció al tal Juanca en su faceta de lanzador de piedras? Él mismo se identificó a gritos mientras apedreaba y agradecía. Gracias por la fe de vida borrada a sugerencia del amigo de su amigo. Gracias por la muerte de su verde césped, tras quedar el dueño imposibilitado para regar a diario debido al corte de suministro. Gracias por la marcha de su mujer y sus niños a casa de los suegros, al otro lado del país, dada la ausencia de luz eléctrica y de un padre con los pantalones bien puestos en el hogar. Lo último, manifestado textualmente por la señora de Mínguez.

—¡Cómo te llames! ¡Sal, si tienes huevos!

De primeras, no los tuvo. Porque, claro, sí que había una maldita razón para ser linchado y no acudir a los buenos. Nadie podría ser acusado de destrucción de fes de vida salvo él. ¿Iría a comisaría a denunciar que le habían engañado para que demostrara entre colegas que sí, que había huevos y se cargase, una simple travesura, señoría, el documento público que certificaba a todos los efectos la existencia de tal ciudadano inocente? ¿A sus muchos tontos años? Él era el único malhechor directo y así lo testificaría incluso él mismo, si el caso fuera el de un compañero. Si la forajida fuera Ana Luisa. Los inductores lo habían tenido fácil borrándose de cualquier responsabilidad en el ajo. No constaban amenazas de la mafia. ¿Cómo pretendía demostrar que un escritor sin nombre, autor de una presunta novela que él protagonizaba, había sido secuestrado para que él liquidara documentación pública a mansalva? No constaba el chantaje, no había hechos objetivos que lo respaldasen. Todas las menciones a los huevos habían sido orales. Cero papeles, cero grabaciones, cero testimonios en su favor. Culpable, señoría.

La novela se estaba volviendo negra. Para él. Había sentido que estaba atado a su amigo el escritor por una conexión de sensaciones mentales. De intuiciones. De pensamientos libres, sin dueño ni fuente. Pero no le constaba estar viviendo una trama. ¿Qué trama?, se preguntó. De hecho, se había olvidado del asunto. Y, sin embargo, la amenaza que le pendía era clara. Si él no escribe, tú mueres. El escritor había desaparecido y bien podría estar secuestrado. O Lotti se marcaba un cuento y el escritor estaba en frente a su Lettera tecleando los capítulos siguientes, dándole forma a su hoja de ruta. También podía estar retenido pero imaginando la trama. Con o sin farol, formara parte de una novela o no, prefería no tener que levantar cartas con una o dos vidas sobre el tapete (la del escritor y la suya, que él supiera).

Al amaine del temporal de guijarros, corrió hacia la calle con ánimo de parlamentar. Supo que era el momento de dar la cara, aún a costa de un canto rodado en la boca. Mientras intentaba armar un pliego de descargos, buscó a Juanca. No había señales de hombres sin vida por falta de fe, pero alguien había dejado un reguero de piedras. Lo siguió sin pensar. Ya se ha dicho que él no pensaba.

Las 'miguitas' conducían a un parque con un lago. Con sus patos serenos, con sus puentes para enamorados y sus árboles frondosos y caducos, más de lo segundo que de lo primero porque el parque lucía mejor con una alfombra marrón de hojas secas. Al final del rastro dio con Juanca. Fiel a sus recientes costumbres, lanzaba chinos desde la orilla del charco. Quizá era de las pocas cosas que podía hacer sin vida, sin fe. El objetivo de sus desahogos eran gaviotas posadas sobre el agua. Gritonas. Asesinas. Fuera de lugar.

—Soy culpable, solo en parte. Tu vecino... —dijo, a modo de entablar charla.

—Lotti es un camorrista, tú eres un don nadie.

—Y tú, un cobarde. Como yo. Apedrea a los malos, si no.

—Devuélveme la fe, pide perdón y quedamos en paz.

Sin palabra, forzó un respiro y se fijó en Juanca. Corcovado. Grande. Con pelo castaño, ralo y sucio. De nariz fuerte. Barba cana. Apestaba a cansado, debía estarlo desde que nació. Parecía el tipo de tipo que no merece que le jodan la vida sin ton ni son.

—En el fondo, me hiciste un favor. Cortaba el césped por no escuchar a mi mujer —dijo Juan Carlos.

—Suena a machista, el comentario —respondió él.

—Si dijera que ella me maltrataba, sonaría a invento.

—Sonaría, sí.

—Pídeme perdón. En realidad es lo único que necesito. Y la fe.

—Quisiera asumir mis errores, pero soy un don nadie sin conciencia. No sería sincera, la petición.

—No hay problema. Ya es hora de que la tengas. Conciencia, capacidad de juicio. Hágase.

El cortacéspedes consumió su última piedra sin acertar a los pajarracos. Escupió a los pies de nuestro protagonista y se marchó sin esperar una palabra suya.

Perdón. Perdón. Solo en el lago, repitió el mantra mientras le subía hasta el gaznate un pesar que lucía tristeza y responsabilidad mezclada con una reciente capacidad de juicio. Perdón, perdón. Perdón. Lo había barruntado durante los días extraños que le estaba tocando vivir y entonces reconoció el sentimiento. Responsabilidad. Lotti le había retado a ética y Juanca le enseñó a jugar. Tras el escupitajo, se sintió capaz de elegir entre lo que estaba bien y lo que estaba mal. La consecuencia directa, en el paseo que le llevó desde el parque hasta su hogar, fue la rotunda y absoluta certeza de haberla cagado con cada selección y eliminación de fes de vida. Había metido la pata hasta el fondo y más allá, con las risas y los huevos. Culpable.

Al llegar a casa, se encontró cara a cara en el ventanal roto y se descubrió. Literalmente. Sintió que no se conocía. Jamás se había mirado a sí mismo. Jamás se había enfrentado. Era un tipo joven aunque no supo datarse la edad. Alguna, entre los veinte y los treinta, quizá. En cualquier caso, demasiado joven para malgastar la vida desde un mostrador de oficina, sin oficio ni exigencias, pudo pensar. No lo hizo, pues no pensaba. Ojos marrones, ceño fruncido, mirada limpia, tirando a bonachona. Echó un vistazo al resto, en el reflejo cuarteado de los cristales. Ni gordo ni flaco. Ni alto ni bajo. Cabeza tendente a grande. Frente amplia, anuncio de calvicie futura. Pelo corto. Boca normal. Aún le costaba sonreírse. Ensayó y le salió una risa tímida y amable. Probó alguna mueca. Guiñó al tipo que tenía enfrente. No se enamoró de sí mismo, aunque no tampoco era feo. Del montón, diría si tuviera que calificarse. Con potencial, si supiera explotarse. No era el momento de gustarse lo más mínimo. Al contrario, apreció poco al tipo que veía en los restos de la cristalera apedreada.

Ignoraba si jugaba o no a ficciones. En cualquier caso, todo drama real o imaginado cuenta con ambición de justicia, sea uno aspirante a héroe o miembro del montón. Sentía la obligación de limpiar su nombre, cualquiera que fuese. Había llegado la hora de deshacer el entuerto, desenmarañar la verdad verdadera de sus últimas vivencias, y existir o morir. Sintió la necesidad de ser libre para tomar sus decisiones. Buenas o malas, quería decidir. Gritaba 'libertad', por más que la libertad fuera y sea un abismo. Todo lo contrario al control. A la certeza. Se sentía negado para elegir rumbo, pero no osciló en algo. Tenía clara su apuesta a seguridades o dudas. Había sembrado muchas de las últimas y a su regado y recolección próximas debía dedicar sus esfuerzos. Los sucesos recientes le habían presentado un muestrario de sensaciones humanas experimentadas en sus carnes y en sucesión. Unas tras otras. Había aprendido del miedo y de la citada duda, pero también de la ira, del poder de la tecla, de la valentía y, por supuesto, de la vergüenza del total y absoluto pardillo.

18

Al sol naciente apenas se reconoció, debido a la escasez de aire en sus pulmones. Le costó respirar en el desperezo. Tenía el pulso acelerado y los nervios, por los suelos. Los blancos le caían encima, martilleando la cabeza sin tregua. Bajo la almohada dio con una lista detallada de códigos, nombres y apellidos ordenados por prioridad, la de su socio. La echó a un lado. La tiró al suelo. Sonó la alarma fatídica de su sabio reloj y no eliminó. Quería seguir durmiendo el día, pues no conseguía descanso. Superados los sucesos de la previa, había encamado en casa y alboreó aterido por grandes dosis de miedo y el sentimiento de culpa que le dejó el vecino de Lotti. Tras estar a un centímetro de comerse, en el sentido literal del verbo, una de las piedras de Juanca, había pasado la noche entre sueños y desvelos. Como no volvió a dormir, se centró en recuperar los primeros, por agarrarse a algo que le pudiera dar una pista milagrosa para escapar de su agobio.

Caló unos humos. Amansó los pálpitos. Cambió café por valeriana. Tumbó al sofá y dejó que le cayeran los aires de un ventilador de techo exótico. Ignoró la novedad. Por fin había soñado. Recordó. La ilusión del sueño le había llevado a una casa pequeña, hecha de piedra y blancos de cal. De una sola planta. Con muros gruesos y un tejado hecho con retales de arcilla. Ventajas enrejadas, flores, macetas, muchos tiestos quebrados, remendados. Al fondo, un establo del que le llegó olor a burro. A estiércol. ¿Los sueños huelen?, pudo pensar. El dibujo incluía sol y un cielo sin tonos. Brillante. En blanco y negro. Supo que aquello era el sur, el de sus raíces, y entonces sintió fugazmente que formaba parte de una familia.

Entraba en la casa y se encontraba una mecedora ajada. Una mesa camilla con un brasero de leña apagado. Un cuadro de la última cena en tonos verdosos. Un televisor con dos canales, UHF y VHF. Una cocina unipersonal. Una mesa vestida con hule y un plato de patatas, lomo y huevo frito de yema naranja intenso. Bacalao en tiras, seco. Salado. Un mendrugo de pan, dos escalones de piedra y un dormitorio grande con una cama gigante y una cómoda infinita. Un baño sin ducha. Desde la sala principal se descubría una puerta minúscula por la que él metía la cabeza y veía unas escaleras de piedra que bajaban al sótano. Muebles cubiertos con sábanas y una estantería infinita en la que, sin saber cómo, contó cien libros. Los mismos que ocupaban la estantería de su hogar.

Aún en el ensueño, oyó disparos. Salió a unas calles de tierra y caminó hacia el ruido. Enseguida vio los trajes destrozados de unos, los uniformes azules de los contrarios y una narración ágil. Las caras quemadas por el sol del frente y los cuerpos esmirriados por el hambre. Sintió gritos que casaban con una novela sobre la guerra. Estaba entre ambos bandos, en la línea de fuego. Escuchó voces familiares por el deje. Entendía el idioma de unos y otros. Todos usaban la misma lengua, con matices. Ergo, la guerra era civil.

No tenía opinión formada. Si la tuviera, habría escrito que ésa es la más estúpida de las guerras. Guerra entre descerebrados de la misma tierra. Idiotas que comparten barro y raíces. Nada que ver con una guerra mundial, con una guerra de conquistas, con una guerra por el dinero. ¿Por qué se pelean los bandos en una guerra entre hermanos? ¿Por la razón? ¿Por el mando? Por estupidez. La única que ganó siempre. Si tendrá mando y poder, la estupidez, que siempre sobrevivió. Es más, de las cenizas y los muertos resurgió con fuerza. Los ganadores explotaron la estupidez y los perdedores se lamentaron por haberla abusado cuando eran ganadores. Pasaban los tiempos y se seguía reescribiendo sobre bandas y bandos. Cada cual defendía lo suyo, y seguía erre que erre, contando la historia como le venía en gana. Lejos de las miserias reales, de la inmundicia sin sentido de una batalla entre hermanos.

Al disparo cercano de un subfusil de asalto recuperó los colores y alivió. Estaba lejos de contiendas militares y cerca de pensamientos de los que no era dueño. Otra vez, amaneció un día cualquiera, entre luces del alba sin calor. Se duchó y se vistió de traje sin personalidad. Entre grises tristes, azules desgastados y una corbata anudada hace años, no recuerda cuándo. Calzó zapatos negros sin lustre. Consultó el teléfono.

NI UN PUTO MENSAJE

Era un amanecer mentiroso, que no presagió cambios, desastre, el caos. Oteó una mosca. Desayunó sin sabores. Estaba listo para otro día sin más. Le fallaron las piernas. Tanto, que estaban paralizadas. La cabeza se le marchó de viaje, hacia delante y hacia atrás. Mezclaba imágenes. Los paseos en bicicleta, el tipo enjuto de pelo blanco, las obras en el REC, la incoherencia de su ascenso y caída meteóricos... Apareció el escritor, fugaz, preparando un café en su cocina. Iba a gritarle cuando ya se había marchado. Ana Luisa se personó y acomodó en su sofá. Sonreía. Pero seguía sin tener cara. Mientras se difuminaba dejó una definitiva muestra de cariño.

—Egoísta. Pringao.

Abrió las ventanas al cielo en busca de oxígeno. Enfrente, lo que antes era un solar, que luego mutó en el Thinking, volvía a ser un descampado con valla y carteles que anunciaban un concierto para julio de 1989. 'No me pises que llevo chanclas'. El concierto era musical. Y las chanclas, parte del nombre del grupo concertista. Escuchó, en sueños, algún tarareo de sus más afamados temas. Canción de amor a una portera de fútbol. El tomate cantante. Y tú, ¿de quién eres?

127

Se refregó la cara y las ideas con agua fría. El movimiento básico de respiración se le hacía cuesta arriba, otra vez. Inspiraba y expiraba a duras penas. Comprobó su vaivén cardiaco en el reloj, tan inteligente que también medía pulso. Alterado. Arrítmico. Se miró al espejo. No tenía espejos en su lavabo, pero había un espejo en el que se descubrió enfundado en un chándal azul mecánico. Se quitó el uniforme deportivo. Él no usaba ropa de hacer deporte, ya que no le constaba haberse planteado, jamás, eso de la actividad física porque sí. En ninguna de las miles de millones de disciplinas que la modernidad ofrecía. Todas, acabadas en ienegé. Sus desfogues ciclistas eran producto de la tensión acumulada y necesarias por el transporte diario desde su hogar hasta distintos lugares de la trama. Y vuelta. Nada que ver con una vocación finalista, deportiva.

Se gruñó algún sonido gutural. Las palabras se le encallaban. Intentó decir 'perórtico' y no le salía la voz. Probó a desatascarse por sus propios medios. Decidió protagonizar algo. ¿Y si se dedicaba a la investigación privada? Su presunta novela pintaba en negra, casi negra. Podría mutar ambientes y marcharse a los años treinta. Quizá eso le decían sus sueños en blanco y negro. Visto lo visto, se planteó un cambio de edades. A decir verdad, no se sabía enmarcado en un momento histórico. Su bici era de las clásicas, como el tranvía. El Thinking olía a principios del veinte. La familia Lotti, igual. Sus ropajes eran atemporales. Valdrían siglo arriba, siglo abajo. Podría marcharse al periodo entre guerras. O a la revolución industrial, al romanticismo. Había mucho por contar de aquellos tiempos de llanto y panfletos. Y él militaría en romances de época.

Iría más allá. Se sentía capaz. Buscaría resolver los grandes y oscuros misterios que rodean la humanidad. Al final, después de todo, una verdad debía sostener el mundo, tal como lo conocemos. Podía ser la religión, una de ellas. O la teoría del caos, que nunca entendería. O el número diez. La vida se podía descomponer en unos y ceros, y el diez era la perfección. La verdad estaba ahí, tras el diez o tras los libros que narraban las vidas de iluminados. Porque, al principio, hubo algo. Y luego, ese algo se transformó en otro algo. Alguien debió tener responsabilidad en lo que somos, en cómo somos, en por qué somos. Todas esas cuestiones podían tener respuestas. Y las repuestas podían estar cerca de nosotros, en la pirámide más tímida del Egipto machacado. Podían ocultarse en un lienzo cualquiera, como el que de pronto se vio admirando, tras una elipsis inesperada. Los fusilamientos del 2 de mayo en Príncipe Pío.

—Del 3 de mayo —dijo un señor poca cosa oculto tras una especie de turbante.

Al señor, los ojos le brillaban en blanco. Tenía la nariz enana. Supuraba miedo. Se tapaba la boca con ambas manos y le hablaba bajo. Ambos estaban sentados en un banco de lo que parecía la sala inmensa de un museo

—Si se fijó la fecha en el día 2, se fijó mal. El 2 de mayo luchamos contra los mamelucos. El 3 de mayo nos fusilaron. Lo sé de sobra. Y tampoco creo que pudiéramos ubicar el fusilamiento en el actual Príncipe Pío. Me queda poca memoria pero el campanario del fondo podría pertenecer a cualquiera de las iglesias capitalinas. Mire el cuadro. ¿Me reconoce? Bajo el sobaco del protagonista. Me llamo Isidoro. Asistente personal del maestro don Francisco José Goya y Lucientes. Le serví y él me regaló la eternidad. Pasan los siglos y cada día somos más afamados.

—¿Eso es bueno? —preguntó, poniendo cara de saber a qué se refería el otro y por qué estaban de sopetón entre pinturas e historia.

—El cuadro guarda muchos secretos de moros y gabachos. ¿Se los cuento?

—No, gracias, Isidoro. Otro día.

Otro día, con mejor respiración. De nuevo en su casa, sonó la alarma y eliminó la misma. Se abstuvo de atacar la fe de vida de alguien. Quiso respirar oxígeno y aspiró una buena dosis de angustia. Aún era soportable. Siguió a lo suyo, ideando tramas. Correteaban niñas en blusón por un caserío. Bruma. Cuchillos. Gritos. Un calabacín sonreía iluminado desde sus entrañas. Perdón, una calabaza. Un chubasquero. Unas tijeras de podar. Miedo. Terror.

Sería científico. Amaría las matemáticas, le restaría poder simbólico al diez. Estudiaría el pensamiento filosófico. O, mejor, si buscaba la verdad no podía más que ser un buen periodista. Sí. Ése era el camino. Le cayó del cielo la expresión 'compromiso político' y se vio sentado en las escaleras de acceso a un hotel capitalino. Podría ser el Palace y él tenía demasiado pelo, revuelto, y que le caía sobre las cejas. Rodeado por compañeros, esperaba el desenlace de un golpe de Estado. Allí estaban todos los buenos plumillas de los primeros ochenta. En lugar de su habitual mochila, cargaba con un cassette de bandolera. Pulsó la doble tecla de grabación y la cinta comenzó a registrar. Del aparato salía un cable con un micrófono estrecho. Eligió a uno de los jóvenes, el único que vestía traje y corbata. Pelirrojo. Fino. Fumador empedernido. Apuntó el micro y preguntó.

—¿Nombre?

—Rosety. Mis amigos me llaman Gaspar.

—¿Periodista?

—De familia. Ahora, narro fútbol en la Inter.

—¿Qué espera narrar, aquí sentado?

—Se ha cancelado el programa de deportes, aún no abre puertas el cuartel donde hago la mili y vine al Congreso. A ver qué se cuece.

—¿Hay noticia?

—La habrá.

—Gracias, señor Rosety.

—Un placer, compañero.

Se despidió de los informadores a la vista de una dama que desfilaba en dirección a la salida del hotel Palace con traje largo de fiesta nocturna, clásico, a lo Ingrid Bergman. Tanto deslumbraba que le quitó protagonismo a don Miguel de Cervantes; hasta el ingenioso quedó de piedra ante la visión, en la plaza de las Cortes. ¿Qué Cortes? La mujer caminaba en blanco y negro pero la imaginó en rojos. Era la influyente de los llantos. La chica. Su antigua chica. Llegó a tiempo para abrirle la puerta de adiós al hotel, en un gesto de caballero que, quizá, no se mantuviera a la moda. Se sintió ligero bajando las escaleras. Al ponerse a la altura de la chica se encontró a sí mismo en el reflejo de un reluciente Bentley MayFair de 1932. Él, trajeado en esmoquin negro con camisa blanca. Pajarita a juego. Quiso decir algo pero la chica se revolvió avergonzada, claramente sonrojada, al agarrarle la mano para pedirle perdón por el tropiezo. Preguntó, y le salió voz grave. Más grave de lo normal.

—¿Qué tropiezo?

Entonces, ella tropezó y él la agarró. Ella sonrió, reiteró disculpas, cómoda sobre sus brazos, le invitó a subir al Bentley y volaron en elipsis hasta un ático orientado a los jardines del Retiro. La noche caía a la luz de la luna. Un saxo 'saxeaba' a lo lejos, desde las escaleras del Palacio de Cristal. Sirenas de ambulancia. Ruidos libres de la ciudad en plena ebullición, burbujas del espumoso que enfriaba en la coctelera. Y un látigo mezclado con bofetada. El guantazo le salvó de las garras del sado.

Viajaría. Sí. Se escribiría un relato de viajes. Por más que estuvieran descubiertas las cuatro esquinas del planeta, siempre habría una isla del día antes en la que perder la cabeza. El mundo guardaba mucha cultura por aprender, idiomas por entender, chicas de la que enamorarse por signos. Entablaría charlas últimas con ratones que regentaban bares y señores que vendían anillos mágicos.

Borró. Se había sentido incómodo en la fantasía extrema, sin ciencia ni arte, y saltó a un escenario que bien podría ser el de un planeta inexplorado, aunque no tenía traje espacial y respiraba un buen chute de oxigeno. Agradeció la dosis. La tierra era de arenisca, riscos y valles sin orden. Cauces secos de algo que pudo ser un río. Mucha piedra y aire con ruido y polvos. Al fondo, vio una luz cegadora, pero no cegó. Un señor mayor, inmaculado en su traje y su corbata, se le acercó caminando desde la nada, bastón en mano, entre rocas rojas y buitres leonados.

—Soy el presidente.

—¿A mí qué me cuenta? Estoy en la puta calle, con improcedencia y finiquito.

—Muchacho, bajo mi responsabilidad. ¡Al trabajo!

Protagonizaría una novela gráfica. Tendría que mejorar su aspecto, claro. En realidad, no tenía aspecto. Era un tipo irrelevante. Un don nadie. Eso iba a cambiar. Se crearía una historia propia para capitanear una biografía épica. Le faltaba pasado y alguna epopeya sin dueño, aunque era lo de menos. No tenía tratos con animales, en general. No les rehuía pero tampoco abrazaba. Así que la fábula estaba descartada. ¿Y algo policiaco? Se vio en blanco y negro, de nuevo. Portaba gabardina y sombrero Borsalino de ala ancha, fumaba humos al son de un piano. Su guion tenía una palabra.

—Nena.

Quizá podría olvidar lo exterior e intentar entenderse las entrañas propias, garabatear su alma hasta dar con el significado último de lo que estaba viviendo, en una novela de tintes sicológicos. Le apetecía lo interior, sumergirse en un ensayo, en una trama paranoica que le diera un sinsentido a sus cosas, a sus vaivenes. Se asfixiaba por momentos. Iba camino de trastornarse la chaveta ante las dificultades con que el oxigeno mantenía la vida de sus neuronas. Ruido, había demasiado ruido. En especial, uno infernal y sórdido, le llegó desde el teléfono. Venía seguido de nueve palabras entre cuatro signos ortográficos.

¡SOCIO!
¿CÓMO TE SIENTA EL ATASCO DE TU
NOVELISTA?

19

—No me crees, socio. Y eso no está bien. ¿Estamos a novelas o a setas?

Vía telefónica, el socio le afinó un diagnóstico para el trastorno cuyos efectos estaba sufriendo en carnes y huesos. Se conocía como 'bloqueo de escritor', estudiado por algún sicólogo aburrido y más que manoseado por quienes filosofan sobre libros y cuentistas.

El tema es el siguiente, según he creído entender, dijo Lotti: de momento, el negro escribe poco y malo. No avanza. Ni retrocede. Cambia, borra. Debate mucho. Él solito. Me dicen que desvaría bastante. Tranquilo, no está aún en una fase terminal de la enfermedad. Lo tenemos bien vigilado y, personalmente, creo que aún no ha pensado en el abandono. Ni en el salto al vacío desde un quinto piso. No habla con sus fantasmas, no grita a sus musas ni se cabecea contra los muros que lo albergan. No pide alcohol ni una escopeta de cañones recortados. Es simple: le faltan el aire y la inspiración suficientes para completar un cuento. Escribe y borra. Escribe y borra. Sin más. Desconozco si es más grave la ausencia de oxigeno o de ideas literarias. Pero todo tiene arreglo, como en la viña del señor.

—Selecciona. Elimina. La lista.

Cierto. No le creía. O no quería creer hasta dónde llegaba el vínculo telepático que se le atribuía con el escritor. Pero afirmaban que retenían a su amigo de novelas enrejado. Según su 'socio', la consecuencia directa era su desnorte. Y lo cierto es que se sentía como peonza torpe, una marioneta sin titiritero. Solo giraba. Se mantenía en un desequilibrio constante y vertiginoso. A cada minuto le fatigaba más el asunto de respirar. Necesitaba huir de ese revoloteo constante hacia adelante y atrás. Huir, pensar, saber. Se repetía esas tres palabras. Huir, pensar, saber. Las había escuchado en algún tiempo remoto. Sentía, pero no terminaba de rematar con los recuerdos. De tanto no saber, ni querer pensar. Huir, pensar, saber. Siempre hay un libro para huir, para pensar, para saber. Eso le había dicho el escritor. Esa era la gran y última razón de los libros. Huir, pensar, saber.

Huir. Eligió huir, conforme a su naturaleza timorata. No había afinado cobardías, pero ya se sabe. El humano medio tiende a gallina, es su instinto. Si atisba peligro, huye. Si no sabe avanzar, huye. Si no le gusta el plan, huye. Si su cita a ciegas es imbécil, huye. Lo hacía cien millones de millones de años atrás. Y ha evolucionado lo justo. En este sentido. En todos los sentidos.

Su casa mutaba a blanco a medida que se contaban más minutos sin eliminar fes de vida. Las paredes se le difuminaban, todo se emborronaba. Salió a las calles, rumbo a la perdición. Quería desaparecer, escapar de sus zonas conocidas, jugársela a ver qué ocurría, qué encontraba lejos de sus comodidades.

Dejó atrás su bici, los tranvías y el Thinking, la ciudad entre mar y montaña. Las estatuas del almirante inglés y el mariscal Colón. Sin rumbo, aventuró a través de un puente de hierro que no conocía, y con el que se topó mientras deambulaba. El puente era largo, sobre un río de aguas temibles. El suelo crujía a madera sobre una estructura férrea, de tacto antiguo. El río y su puente 'inexistían' hasta la fecha. Que él supiera. En Farmington. En el sur.

El otro lado del río era una sucesión de casas grandes, pareadas hasta el infinito, con escaleras hacia un primer piso y hacia el sótano. Los bajos los ocupaban bares y otros lugares de sociedad. Un pasamanos oxidado ayudaba el tránsito hacia arriba y abajo. Puertas de papel franqueaban el paso. Ventanas francesas animaban el chismorreo. Paseaban grupos familiares sin voz y con ritmo pausado. Gente normal. Entre la misma, se dio de bruces con su coordinador general, al que reconoció pese a la ausencia de traje y la presencia de tres niños que cargaba a lomos.

No sabía nada sobre el tipo que le había robado sus ideas. Salvo que le ninguneó siempre, le había robado las ideas y le había invitado a cervezas. Y algo más. Le enmarañó con el amigo de su amigo. Le abocó al finiquito. A seleccionar y eliminar.

Su inminente exjefe saludó con un gesto que siempre le había negado. Y él respondió exagerando el protocolo del REC para salvas entre indios y líderes. Eligió abrazo cínico antes que saliva. Lo dio por bueno cuando a continuación supo, por boca del individuo, que a él también le habían puesto en la puta calle.

Qué desastre, compañero. La vida te golpea cuando menos lo esperas. Cómo estás. Te noto mala cara. Estás pálido, transparente. ¿Tienes algo en cartera? Yo, nada. Dónde puñetas nos van a dar trabajo. Qué coño hicimos. Te dejas la vida y mira cómo te lo agradecen. Qué te voy a contar a ti. Aunque, a decir verdad, la culpa es tuya. Qué ideas. Qué necesidad de actualizar. Para qué tanta tecnología. La realidad es la que es. Instituciones públicas como el REC son cargas del Estado, no sirven para nada al noventa y cinco por ciento. Mantienen empleos y alimentan bocas de gente normal y mandos políticos. Son útiles como herramienta para devolver favores. No tienen más función. Aún así, le pones empeño, adecentas el organismo. Dejas bonito el corral, preparas todo para que el político salga guapo en la foto, recortas en treinta y dos segundos el tiempo medio de espera del ciudadano, fichas un equipo de tecnócratas a la última y, acto seguido, a tu puta casa. Sin finiquito, porque el personal de alta dirección no tiene derecho a ello según el puñetero convenio que negocié yo, personalmente, con la banda de los sindicatos, a fuerza de sudores y amenazas. Sin un puto duro me han dejado. Aquí me tienes, con tres hipotecas, dos coches a estrenar financiados y una prole cebona. El tendero del barrio aún me fía pan y algo de comer, dijo, señalando al trío. El mes que viene, al hospicio. Se echó a llorar con torpeza. Y él sintió que nunca había visto llorar a nadie en vivo. Es raro, pudo pensar, cómo llora la gente cuando no quiere descubrirse llorando. A suspiros. Sin lágrimas. Con hipo y miedo a partes iguales.

—Querría pedirte perdón —dijo el coordinador general.

—No es necesario.

—Sí lo es. Le di tu dirección a Juanca. Antes, eso sí, me apedreó la casa. Alguien en el REC le habló de mí. Y de ti.

—Estamos en paz. Yo eliminé tu fe de vida.

—La necesito para solicitar el subsidio por desempleo. Por favor.

—También fui agredido con pedruscos —replicó, a modo de justificante.

—Justos y pecadores: a una acción, una reacción.

—¿Spiderman? —dijo, sin saber por qué.

—Luis Miguel.

—¿Quién?

—Mi nombre, Luis Miguel. Por el torero, no por el cantante —contestó el jefe.

—Ni idea.

—Ah, ¿y tú?

—Yo, eso. Ni idea.

Contravino el código de despedidas del REC y volvió por sus pasos puente a través. No había sido buen plan, huir sin orden. Valoraba otras fugas hacia adelante cuando ayudó al cambio de planes un nuevo mensaje de siete palabras del socio, quien se interesaba por su ubicación.

¿DÓNDE VAS, SOCIO? NO LLEVAS BUEN CAMINO

No contestó. Probó de nuevo a elegir futuro. Valoró opciones básicas de buen personaje novelero: buscar el Santo Grial, navegar en solitario por los mares del sur, darse a los alcoholes y a la marihuana. Las resacas de la cerveza le habían dejado mal cuerpo un par de veces. A pesar de los ochocientos pavos por Antartic. Y no era capaz de distinguir proa y estribor. Lo de la sangre real le llamaba la atención, pero no sabía suficiente. Aún.

SOCIO, ELIMINA

Se conformó con la paz de la hierba. Unas caladas ayudaron a normalizar su respiración, que aún se mantenía entrecortada, cansina. No quería huir a los sueños. Fumó lo justo. María no le iba a enmendar la realidad. Vagó por las calles en busca de algún lugar cariñoso, reconocible, pero las piernas le bailaban solas, los ojos le hacían chiribitas. La lengua disparaba palabras al aire. Cuando no podía soportar más los ataques de su cuerpo, adujo falta de oxigeno en sus pulmones y armó el portátil. Pidió perdón por adelantado. Seleccionó al azar de la lista de Lotti. Eliminó fes de vida. Respiró. Continuó.

Siempre hay un libro para huir, había dicho el escritor. Corrió hasta la biblioteca. Subió las escaleras sin saludar al almirante de piedra. Solicitó y recogió la pegatina de lector, e intentó una nueva huida, esta vez a través de los libros. Dejó de respirar. Dejó de revolotear. Mató los pájaros que se le incrustaban en la cabeza. Desconectó del mundo. Dio vía libre a sus manos para que le llevaran hacia historias cualesquiera. Quería salir del bloqueo en el que le había abandonado el escritor. Sin necesidad de saber, ni de pensar. Solo huir. Para eso estaban los cuentos. Todos. Nunca había leído por el sencillo placer de la lectura. Pero leer, debía saber leer.

Abrió un libro cualquiera y poco a poco reconoció las letras. Luego, las palabras. Más tarde, el sentido y la belleza de las frases. Los lazos de cada párrafo. Y, al final, la singularidad mágica de cada relato. Leyó. Página tras página. Libro tras libro. Leyó durante un tiempo inabarcable y encontró una escapatoria en los libros. Ojeó estanterías al azar, una tras otra. Buscó señales, una guía, una brújula que le orientara sobre qué leer. Entre las galerías del salón, en el silencio de las palabras escritas, se encontró con García Márquez, Pérez-Reverte, Unamuno, Delibes... Algo despertaron los maestros en su interior y sintió el viaje de Phileas Fogg por un lugar de Macondo de cuyo nombre no podía acordarse. Recitó a Macbeth y aprendió a creer. Huir, saber, pensar y creer. Creer porque es imposible, o la correspondiente versión original en latín que se anotaban tantos padres.

CREDO QUIA ABSURDUM EST

Creer. No sabía qué creer, pero sabía que creería cuando eligió confiar. Confiaría en las personas y en el mundo. No cerraba las puertas a nada. Ni a nadie. No tenía fe de vida pero, leyendo, supo que tendría fe en la vida. Creer era apostar a ciegas, sin garantías. Se la jugó.

Siguió. Escuchó con calma a Auster y apuntó: los héroes sufren porque eligen sufrir. Y las novelas, siempre, son testimonio fiel de los devaneos de su autor. Amén. Se vio como un Mr. Blank del sur, perdido por defecto, a merced de un carcelero cualquiera. Leyendo, supo que había una novela por escribir, si aún no era real en la mente del escritor. Iría tras su historia, alguna que pudieran escribir para él. Eso le había recomendado el librero de Arapiles. Protagoniza tu propia historia.

Cayó en una cripta embrujada mientras presenciaba, desde las gradas de una cárcel, un partido de fútbol entre reclusos en el que el árbitro, sin nombre, le saludaba. Se propuso seguir el consejo de Vila-Matas y ser un buen lector, adquirir habilidades para leer más allá de la novela fácil. Disculpe, amable lector, la expresión y el concepto: no hay novela fácil. Ni lectura fácil.

Se supo heredero de Hernando y del germen torcido de un país allá por los días del descubrimiento. Se encerró en la cueva con cuarenta rufianes para oír la voz cuentista de la reina mora y cayó por un túnel de lava junto a Axel Lindebrock, camino al centro de la tierra. Quiso ser un niño y llorar hasta que no le quedara una gota en el alma que sintió cansada, de tanto recuperar lecturas. Entendió los miedos de Gregorio Samsa. Había soñado su destino de cucaracha.

A través de los libros vivió tragedias, comedias, vidas ilustres y anónimas. Ficciones y verdades, todas enraizadas por la literatura universal de todos los tiempos. Recuperó los sueños vagos que le habían llevado a lugares familiares y apuntó algunos de los autores que recordaba de su estantería, la que le esperaba en su hogar dulce con cien libros elegidos. Allí estaban Galdós, Quevedo, Ortega, Valle Inclán, Molière, Wells, Pardo Bazán...

Rebuscó entre los anaqueles de la biblioteca pública mientras el reloj estuvo en pausa. Al llegar a la hache, alguien revolvía ejemplares.

—Elija uno, señor —le pidió el tipo, con aires de entreguerras y una voz de radionovela. Destacaban sus orejas, grandes en una cara redonda y bien hecha. Su mirada era gruñona para la juventud que guardaba. Era alto, tendente al sonrojo, de mandíbula proporcionada y sobresaliente. Frente fuerte. Pelo duro, al corte. En general, era un individuo antiguo.

—Gracias, por lo de señor —dijo don nadie.

—Sé que no tiene nombre. No desespere. Mi mejor personaje, tampoco —y señaló una edición machacada de entre los libros de la estantería, 'El viejo y el mar'.

—Aún barajo opciones, para el nombre —respondió.

—El mío nunca me gustó, así que me esforcé por darle lustre al apellido. Ernesto —y presentó una mano a saludo mientras fumaba con la otra, sedente y sin perder pose de dandi.

—¿Son suyos esos cuentos? Parecen viejos —dijo, mientras rebuscaba donde el otro señaló. Por quien doblan las campanas, Fiesta, Adiós a las armas, Aguas primaverales...

—Son tan viejos como yo, aunque no aparento, lo sé. Usted y yo nos parecemos más de lo que podría creer.

—¿Y qué podría creer yo?

—Ha sido usted un incrédulo, hasta el presente, pero veo que le pone remedio. Siga así. Crea. Y déjeme que le informe de que ninguno de los dos tenemos edad. Así mismo somos enamorados y erráticos.

Mientras el tipo hablaba, él chequeó la biografía de autor en uno de los libros. Hemingway, Ernst Milller. De Illinois. Nacido en 1899. Suicidado sesenta y dos años después en un lugar con nombre de tomate y tribu india. Ketchum, Idaho.

—¿De qué y cuándo me conoce? —preguntó a Ernst.

—Conozco a las personas. Las he visto matarse de todas las maneras posible. Somos todos muy iguales.

—¿En qué nos parecemos, según usted? Edades y amores aparte.

—En el sur. Ambos tenemos querencia por el sur. Y somos aventureros, si bien es cierto que yo lo tuve más fácil. En mis tiempos quedaban rincones por descubrir. Guerras que contar. Usted lo hará bien, no obstante.

—¿Ya no queda nada por conocer?

—Muy poco. Aún así, lo grave no es eso. Faltan curiosos en su mundo. Mal Asunto. Si pudiera, me aventuraría en la cabeza de los humanos. Nuestra mente va muy por delante de nosotros. Sus contemporáneos son unos muermos, en general. ¿Fuma?

Declinó la oferta, por más que el tipo tenía clase en el manejo del tabaco. Estaba en pleno enganche a los alucinógenos y quizá le estaban haciendo efecto. Hablaba con escritores muertos. Les atendía sugerencias sin cuestionarse los pormenores.

—Si me acepta el consejo, déjese llevar y huya del tedio. Asocie con su escritor. Le pronostico algunos desastres y muchas aventuras. Controle sus sueños de inmortalidad. Se lo dice alguien propenso al accidente y a la euforia. Le animo a buscar.

—¿Buscar, qué? No encuentro historias. Y mi escritor agoniza.

—Haga amigos. Podría presentarle a los míos, a algunos, pero están tan muertos como yo: Fitzgerald, Joyce, Dos Passos. ¡Cuánto bueno! —y se recreó en el humo del cigarro.

—¿Puedo decirle algo sobre el irlandés?

—Sin ofender.

—Ya leí lo suficiente para sentir que no le hacen justicia los escritores que se empeñan en citarlo como si hubieran conseguido entenderle.

—Es posible. Culpa de las escuelas y sus teorías baratas sobre escritura. Las aborrezco. La lectura no se fuerza y las palabras no entran con sangre. Se aprehenden. Busque palabras, las palabras correctas. Persiga correrías. Igual se anima a contarlas, o a vivirlas y callarlas. Revélese. Enloquezca. Fume. Navegue. Sueñe. Beba a diario. Le emplazo, tomemos algo, una noche de julio, en el Caballo Blanco. Adiós.

Y se fue.

Amanecieron los días y cayeron las noches, y siguió leyendo. Conoció al viejo pescador sin nombre de Ernesto. Quiso descubrir, inventar, viajar a la luna. Se perdió intentando arreglar desacuerdos entre personajes, conflictos amorosos, locuras pasajeras y permanentes. Quiso cocinar con agua y chocolate, con tomates verdes fritos. Probó frijoles, entresijos, carimañolas de yuca, cruasanes de las cruzadas, el cordero espaciado de todos los cuentos de Sheredzade, los platos de Carvalho... Recorrió Tribecca, Malasaña, El

Chorrillo, Macondo, el Masái Mara, Estocolmo y su Gamla Stan, la Rusia de los zares, el Perchel, el Buenos Aires de la vieja guardia, la Italia clásica, las calles de letras en Madrid, tan familiares, tan remotas.

Leyó en todos los rincones de la ficción, rebuscando un desbloqueo para su escritor. Estuvo a un paso de convertirse en un enfermo de literatura, en letras de Montano. Monomaníaco, escribiría Auster, siempre Auster.

Cuando hubo cumplido con creces su promesa de leer volvió por sus pasos a la librería de Arapiles. Hizo por comprar las 'Crónicas de una muerte anunciada', pero el librero le regaló la joya. El ejemplar, editado por La Oveja Negra en 1981 y dedicado por el autor, era de coleccionista.

Al respirar la ciudad, tras el maratón de libros, encontró respuesta a una de sus primeras preguntas. ¿Eran necesarios todos los libros? Sí. Todos soportan alguna vida. Y ninguno, ninguna, deberían ser irrelevantes.

Febril por los libros, quiso escribir. A falta de escritor, él sería el escritor. Recordó algo que había leído tras sobrevolar Persia en su alfombra mágica y llegar a Japón, a los lugares de Murakami. El Rata le prestó un diálogo y una luz.

—Voy a escribir una novela. ¿Qué te parece?

—¿Qué clase de novela?

—Una buena novela. Buena para mí.

Sabría escribir, cómo poner una letra tras otra. Conocía un buen montón de palabras. Las demás, esperaban a la vuelta de un diccionario. A fuerza de ser contradictorio había ido y venido. Las incoherencias eran pegamento para los atascos de escritor. El único riesgo en la escritura se lo presentó don Cristobal, citando al Mario Conde escrito por Padura: darse cuenta de que por mucho que lo intentara, no dejaría de ser parásito de otros escritores que sabían hacerlo bien.

Merecía la pena jugársela. No quería huir. Quería escribir y contar sus sinvivires. Ya sabía todo lo que los libros le contaron en aquellas largas lecturas, ya sabía de los cuentos de su escritor. Sus teorías. Entonces necesitaba más. Ansiaba escribir sobre sueños, locuras, vida, acción. Fiesta. Gracias, Ernest.

20

Y amar. Leería hasta creer, debía saber y ansiaba amar. El escritor le había permitido enamorarse y ése era el camino. Se había 'renamorado' tras verse en un elegante chaqué del brazo de la chica. En pareja. Ella sería su misión, su tema, la trama. Nada de novelas negras. Tampoco era necesario el rosa fucsia, pero nadie iba a matar a toda una guapa influyente de masas por causa de la escritura.

La chica era muy secundaria, había dicho el escritor. En su viaje por los libros había conocido un puñado. Todos vivían para la historia, su irrupción tenía un solo sentido. Eran ayudantes del héroe. Estaban donde debían por un bien mayor. Hizo cuentas de algunos grandes segundones que había conocido desde que sabía juntar la 'eme' con la 'a', ma. Se citó de memoria a todos los de Landero en "El mágico aprendiz". Finita de la Cruz, tonadillera antes que pitonisa. Chin Fu, chino de Aranda de Duero. Martínez, un tipo gris por vocación. Eliseo Méndez, inventor y rufo. Eran gente con carácter propio, más incluso que el protagonista, de cuyo nombre no es fácil acordarse. Todos estaban de paso, tenían un objetivo que cumplir. Y adiós.

Sumaba ya una idea aproximada de los roles que cumplían el escritor, el coordinador general. Incluso, podía intuir la tarea de Ana Luisa. No contaba a Ernst y a Isidoro, por su adscripción al reino de los sueños locos que le ingeniaba su mente. Quizá él también fuera secundario en una farsa que exhibía muchos cabos sueltos. Si así fuera, desconocía su misión, el papel que le asignara otro. Pero tras los sucesos anteriores se sentía capaz de elegir, de discutir. Ante la ausencia del escritor, él protagonizaría su propio cuento, y la chica no iba a ser irrelevante en él.

Se impuso rastrear la pista de su enamorada. La buscó en los telediarios y no le resultó difícil encontrarla. Vamos, se dio de bruces con la siguiente noticia de alcance y última hora: la chica influyente estaba desaparecida tras el fracaso textil y su legión de seguidores se apiñaba a las puertas de la sede de gobierno estatal para reclamar un operativo urgente de búsqueda y rescate.

Navegó en su ordenador, retenido en préstamo mientras le finiquitaban hasta el último centavo de su indemnización. No sabía si en Farmington, o en el escenario sin nombre de sus amaneceres, se comerciaba en céntimos, centavos o rupias, la moneda oficial en los países de Ibáñez. En todo caso, la cuestión monetaria era, en ese momento, nimia. Como él. Un tipo sin ninguna trascendencia en el mundo. Monomanía. Tenía que ahondar en el significado de la palabra 'monomanía'. Era tan curiosa como 'finiquito'. Estaba en la cuenta atrás al desempleo. Debería revisar los papeleos. No podía perder la prestación por indigente. En la puta calle, se repitió. Céntrate en la chica. A saber dónde estará. Busca la bicicleta. Practicaría más deportes. Cuáles. Era un tipo sin conocimientos sobre actividad física. Ni hábito. Aunque desde que tenía bici sentía las bondades del desfogue. Sin embargo, se intuyó demasiado egoísta para luchar en equipo, o contra otros. Juró no hablarse más de deportes. Prefería escribir. Y, si algún día escribía, lo haría en primera persona. El narrador omnisciente era un manantial de problemas para un novel. Estaba decidido. Como protagonista y escritor, su objetivo, uno de ellos, sería coincidir entre letras con Pepe Carvalho. Quería su receta de la tortilla de papas. París sería el escritorio de sus cuentos. Pasearía entre sus bulevares, se codearía con los literatos y pintores del momento, fumaría en Montmartre y compartiría cenas en el Quarter Latin, a orillas del Sena, entre ostras, sopas de ajo y cacerolas de queso caliente. ¡Qué hambre!

—¡Basta! —se gritó en mitad de la nada.

El olor a gruyere le transportó a sus blancos pardos. Blanco. En blanco. Todo iba hacia lo blanco. El blanco era señal de que perdía por goleada la lucha que libraba contra el bloqueo del escritor. O quizá lo suyo fuera más terrenal, y sufría una tendencia a la dispersión, a los pensamientos inapropiados por el momento o el lugar en que emergían.

Pidió perdón. Borró fes. Buscó los colores de la vida. Se centró. La chica. Otra vez, la chica. En su caso, no había constancia de secuestros, aunque había anotado en su memoria algo que unía a Lotti con la influyente. No recordaba qué.

Indagó en los escenarios donde grababa sus películas. El ritmo de publicación de videos era espaciado, más de lo normal según sus hábitos, pero constante. Los más recientes estaban decorados por paredes de azulejo, ruido de música en lo que parecía un túnel antiguo. Sobre sus primeros planos, el fondo lo alteraba el paso de viandantes. Estaba en un lugar público. Encontró una señal en el decorado sobre el que la chica promocionaba una fantástica crema facial hecha con base de no sé qué alga marítima, ideal para restañar marcas del tiempo tras las noches de arrugas y fiesta loca. El movimiento de cámara había pasado fugazmente por una placa, una suerte de anuncio. Detuvo la película en el fotograma exacto en que se leía el mismo. Un rombo rojo tumbado sostenía un rótulo azul sobre blanco con una palabra francesa.

CHAMBERÍ

Se sintió experto en el uso de técnicas narrativas. Concretamente, de una. De lo remoto saltó a lo cercano, vía elipsis, y se encontró andando las calles de un barrio que le resultaba familiar: Bravo Murillo, Fuencarral, Olavide y Eloy Gonzalo hasta la plaza que llevaba por nombre el del general que invadió la ciudad en delegación de Bonaparte. El distrito presumía de porte, con sus avenidas amplias y sus relucientes balcones de ayer. Bilbao, Luchana, Iglesia, Trafalgar, Quevedo, Arapiles...

Por fin situaba su librería favorita. Dicho lo cual, supo que necesitaba poner en común con el autor algunas cuestiones de lugar. El escenario de la trama era ralo. Tanto o más que él mismo. Había mezclado localizaciones contradictorias, sin continuidad. Recordó el mar, olió a calamares en espeto, vio a Colón colgado del pedestal. Y el puente sobre el río, los barrios castizos y las casas rojas enfiladas en el adoquín. La biblioteca frente al almirante de piedra. Y las farolas y las catedrales mancas. Algo no cuadraba. Demasiada mezcla para ubicar la acción en un lugar concreto. De nuevo, caía en la dispersión. O el bloqueo de su amigo era grave.

Se gritó, centró la misión, saludó a la bandera de la plaza y cayó por un tubo vertical de cristales que le llevó de la calle al subsuelo, en la estación de metro fantasma de la ciudad de los siglos de oro.

La estación estaba abandonada, pero guardaba misterios, miedos de cuándo fue arteria en las comunicaciones bajo suelo. Había sido reconstruida porque la época andaba escasa de ideas y volvió al gusto por lo antiguo. Aquel lugar olvidado era un museo de vidas pasadas. Dejó para otra ocasión más propicia la visita a la exposición permanente de la estación. Anduvo entre ruidos, humores sudorosos y anuncios de funciones teatrales fuera de catálogo. De todas las sombras surgieron luces y encontró un fondo habitual de las películas con las que triunfaba la chica.

Una señora en la madurez escribía sentada al suelo. Junto a unas mantas para dormir y una cacerola con fuego de hornillo. No hacía fríos, ni calores. Pero ella vestía demasiadas ropas. Una rebeca de punto agujereada, una falda larga, naranja. Unas botas de montaña. Pelo caoba trenzado a lo hippie. A su lado, esperaba uso un set de televisión completo: focos, una cámara, un micrófono omnidireccional, un ordenador portátil que hacía las veces de editor de video.

—Busco a la chica. ¿Dónde está? —preguntó él.

—No... está.

—¿Puedo hablar con ella? Tiene que estar. Vengo a salvarla.

—Habla conmigo. ¿Quién... eres? —dijo, entre pausas cortas.

—El protagonista. Soy el protagonista.

—Enhorabuena... protagonista —el 'protagonista' sonó a sorna en toda la extensión de la sorna—. Llegas tarde. Ella... ya está muerta.

—¿Y tú quién eres?

—Yo soy ella... Siéntate.

Ella era ella. Y los puntos suspensivos son la forma de dar voz al tartamudeo que gastaba la mujer. Tardó poco en liberar a la chica. Accionó los aparatos de grabación y, en las pantallas, apareció la influyente. Se presentó a la vez en vivo y a través de la cámara de video que daba vida a la muchacha.

Ajada por los años, arrugada y pecosa, ella eran ellas: la mayor era la joven inmaculada, de sonrisa perfecta y pelo peinado a cepillo que aparecía en los monitores de cámara, previo paso por algún programa informático. Ambas eran éxito y víctimas de la inteligencia artificial. A la vez. Sobre la cara de la mayor, las nuevas tecnologías daban forma eterna a la joven. La mujer se explicó.

En un tiempo fue muchacha. Claro. Descubrió la música como la única vía para superar sus traumas. Mejor dicho, un trauma concreto: su tartamudez. Cuando cantaba, el verbo le fluía sin trabas. Popularizó entre sus cercanos algunos romances y tristezas. Tuvo una juventud amable en la música. La madurez la serenó y se dio a una vida normal, sin más. Hasta que, poco tiempo atrás, alguien vio en sus perfiles sociales una fotografía de sus adolescencias cantarinas. Le escribieron y le hablaron del potencial de aquella chica pasada. Le explicaron las posibilidades de la realidad virtual. Pidieron permiso para recrearla. En toda la extensión del verbo. Volver a crearla.

Sería eterna, sin marcas del tiempo. Perfecta en el más amplio sentido de la perfección. Aprendió dicción fluida, sin molestos balbuceos, gracias al trabajo de un equipo de lingüistas computacionales que entrenaron los algoritmos que rigen el funcionamiento del lenguaje. Así lo explicó. Y siguió. También debía asimilar la vida. Acopiaría emociones, capacidad para discernir, criterio propio. Aprender y volar. Necesitaban a la persona real como maestra de su versión artificiosa, así que ella le regaló sus experiencias a su clon virtual.

La mujer recitaba versos y la moza repetía en tiempo real, como un espejo, espejito macabro. Sin puntos suspensivos ni tartajeos. Ellas dos eran una y causaron furor entre las masas. Así habían hecho fortuna. La chica se quedaba con la fama y la mujer, con los réditos. Con una parte. La otra era para los anunciantes, para los inventores de la tecnología que daba vida a la chica a través de la llamada inteligencia artificial. Todo, a costa de millones de inocentes en todo el mundo que estaban enamorados de una ilusión. Y él era el rey de los ingenuos. Visto lo visto.

Se acercó a la mujer. Encaró la mirada. Sus ojos eran grandes, algo miopes. Marrones. Aguerridos. Valientes. Pasionales. Insultantes, tímidos. Eran todo lo que unos ojos siempre querrían ser. Eran fuente de amor. Y él sintió ese amor a través de la mirada de la mujer. Sintió el amor en genérico, lejos de la pasión que quiso encontrar en la chica, videos atrás. Fue algo fugaz, una chispa que prendería más adelante, en otro lugar y otras historias. Ese amor pasajero le valió para confirmarse como un atortolado a perpetuidad. Por una mirada limpia. Por un pestañeo pausado y feliz. Por unos ojos lindos.

Sopló el fuego que le ardía y atendió a la mujer porque ella, la joven, iba a morir. Podría sobrevivir a mi vejez. Ésa era la idea, de hecho. Era el negocio. Que la vida no pase por ella.

—Pero no quiero dejarla sola— dijo ella.

Estaba cansada. Agotada. Era irrelevante para su público. No vendía. Ni una camiseta. Había llegado el momento de apagar el juguete. Tocaba poner punto y final a la ilusión. Cuando ya estaba en ello, confesó, le había caído del cielo una última oportunidad para participar en la historia de otro. Tú. Eso dijo. Tú.

¿QUIERES SER PARTE CLAVE EN UNA NOVELA?

Siete palabras y dos signos de puntuación. Una respuesta rápida. Sí. Y desde entonces, espero turno. Esperamos... turno, dijo. Solo nos queda representar esta escena y, después... a entierro.

—No sois la misma persona.

—No entiendes nada. Sí lo somos.

—Desconéctala. O déjala ir. Vivamos tu vida.

—Ella vive mi vida. Lo único... que nos separa es la voluntad. Yo pude ir... contracorriente, mi albedrío es solo mío. Ella no podrá triunfar sin mí...

—Si tu propósito es matarla, el mío es salvarla. Salvarte. Salvaros —la interrumpió.

—...Y estoy aquí para enseñarte a dudar y creer. A pensar. Para eso existo. Y existe, ella. Ella te ha traído hasta mí.

—¿Y si no existimos, ninguno? —le preguntó.

—¿De verdad importa?

—Quizá sea lo único que importa.

—¿Respiras?

—Respiro. Es cuestión de supervivencia.

—Deja de respirar. Ahora. Prueba. O, mejor...

Le calzó un guantazo por la derecha sin preaviso, directo a la mejilla. Era el segundo, o el tercero, que recibía desde sus amaneceres mentirosos. Sonoro. Humillante. Ejecutado con la palma de la mano bien abierta, con sus cinco dedos extendidos de par en par. El cachete atronó en siete kilómetros de túnel, a través de las vías del metro. Y el zumbido le llegó hasta martillo, yunque y estribo. De vuelta, el oido le mandó un bochorno intenso. Sentía dolor a rabiar en la zona que comprendía la oreja en toda su extensión, el moflete izquierdo hasta la nariz, el ojo correspondiente y la cabeza, completa.

—¿Duele?

—Las mentiras están llenas de dolor.

—Lo que quieras, pero aún en la mentira el dolor es... real. Si no duele, te acepto... nuestra irrealidad —insistió la mujer.

—Tu amiga no existe.

—¿Quieres otro mamporrazo?

—No me respondes.

—Ayúdame. Piensa. Supón que sí, que somos mentira... Que eres ilusión. Que no existimos. Que estás en una novela. Y así está convenido. El escritor ideó tu... historia y la escribe conforme fluye. O quizá ya está escrita. Tu parte del juego... sería vivir el cuento. La mía es... abrirte la sesera y morir. No es algo trágico. Está escrito y por más que muera, siempre viviré si tú cumples... y atrapamos a un lector. ¿Te sientes vivo o muerto? ¿Quieres estar muerto? Ya lo estabas antes de amanecer.

El discurso le duró una eternidad. Tanto que, mientras charlaban, les pasó por delante un burro, con sus alforjas de esparto llenas de garrafas de vino dulce, con su anciano a lomos pregonando el vinochorro, con su parsimonia. La voz del hombre era dulce como el licor de uvas, pero atronaba en ecos a través de las paredes del metro. El burro se detuvo a la orden del caballero andante. Giró la cabeza y les miró. Callado. Concentrado en los clientes potenciales. Reconoció al pollino. Al fin y al cabo, no se cruzaba asnos a diario. O sí.

Cayó en la cuenta. Algo le estaba pasando a su amigo. El burro había sido cosa suya, capítulos atrás. Quizá el escritor había revuelto sobre sus borradores y ahora el animal le cuadraba. Si aceptaba esa posibilidad, se metía de lleno en una novela.

Se acercó al animal y detuvo su paso. Rucio. Rucio. Le acarició el lomo, se miraron a los ojos. Respiraba intenso y babeaba. Le arrulló los hocicos. Suave. Despacio. A dos manos, le tocó las orejas en punta. Le sobó los morros. Abrazó al borrico, le musitó algo a las orejas y lo dejó ir. La galería se quedó en silencio durante los segundos que el animal tardó en olvidar caricias y seguir su rumbo. Tras el paréntesis animal, volvió a la tarea que le ocupaba con la mujer.

—¿Te imaginas que el burro te hubiera contestado? —dijeron la señora y su amada, a la vez, en real y televisado.

—No entiendo.

—Es poder del escritor darle voz al jamelgo. O alas y vuelo —repitieron a dúo, ellas.

—¿Por qué no lo usa, el poder de volar burros?

—No tengo... todas las respuestas, pero intuyo que nuestro escritor tira de realismo mágico a cuentagotas. Personalmente, creo que esa fantasía delicada... enamora al lector. Si no se te va la mano con ella. Si eres Gabo o Isabel Allende. Borges o... Esquivel. Si eres Murakami, a su estilo. En todo caso: ¿Cuál de nosotras dos es más real? ¿Por qué no piensas en ello? ¿Querrás pararte y pensar? ¿Serás capaz?

—Pensar. Querré, sí. Querría. Claro. Pero no pienso. Jamás pensé.

—Déjame probar algo... ¡Hágase!

—¿Tú, también? —dijo, esperando un cachete que no llegó.

—Piensa... lo que quieras, pero hazme un favor: huye del tópico, nada contracorrientes —remató la mujer.

Se quedó sin palabras, ni perfectas ni imperfectas. Quiso decir 'gracias', pero no sabía. Podría pensar. ¿Sobre qué? Huir, saber, pensar. Huyó sin éxito pero, a cada paso, sabía más. O menos. Hasta que no supiera nada. ¿Cómo era aquello que le había leído a Descartes? Jamás había sido capaz de pensar, pensó, al fin.

Mientras él pensaba sobre su deseo de pensar, la mujer apagó sus juventudes, desconectó el video y las luces de los focos, se ajustó las ropas, le dio un beso en la mejilla abofeteada y saltó a las vías para desaparecer justo al paso de un tren fantasma sin parada en Chamberí.

21

Cuando pensó, pidió un paréntesis para pensar. Lo tuvo y lo tomó. Necesitaba claridad y por eso se perdonó los crímenes siguientes. Seleccionó. Eliminó. Consiguió unas horas por delante hasta la próxima queja de Lotti. Pensó, y de los pensamientos le nacieron reflexiones sobre asuntos que antes no se atrevía a calibrar. Se arrepentía de todo lo reciente, salvo de las lecturas y del beso, el primero que había recibido en su vida. Aquella mujer le había regalado mucho más que su ejemplo o un discurso. Ese beso llevaba impreso el certificado oficial de un antes y un después. Era el sello de una vida recién conquistada. Había pasado de la inexistencia a la excitación permanente. Al amor fugaz. Al miedo. Al descubrimiento. Desde que apareció el escritor recibía estímulos por doquier, y la sensación era placentera. Sintió necesidad de agradecer, aunque no supo expresarla. No era su primera sensación. Al contrario. Se había desbordado. Su capacidad ventricular no daba para asimilar tanto en tan poco tiempo. Es el ritmo de hoy, había dicho el escritor en una de sus conversaciones primeras. El ritmo de hoy. De tan acelerado, taquicárdico. El ritmo de hoy, conformado a las necesidades de las personas, que demandan más cada día que pasa. Y más. Y más.

Había comprobado que las personas se dejaban zarandear por sus caprichos, sus juguetes, por la tecnología aplicada y sus ansias de más. Se había rodeado de amigos, compañeros, socios que querían ganar más, vivir más, beber más, dormir más, trabajar más, comprar más, gastar más, reír y comer más. Corazones. Likes. Retuits. Más, más, más. Más alto, más fuerte, más rápido. Dinero, sexo, tecnología, datos. Wifi. Y tan siquiera eran capaces de pararse un momento y preguntar qué carajo era un maldito retuit. O de dónde venía aquello de alto, fuerte, rápido.

Quería escuchar a las personas. Se vio huérfano de conversaciones buenas, reposadas. De ésas que permitían a uno dudar de todo. Ya no buscaría certezas. Deseó sentir el olor de las cosas antes de pintarlas, como dicen que hacía Cezanne. Ansiaba pensarlo todo. Dedicar su vida a discutir la vida. Y sin embargo, pensando, le llegó la convicción de que le podía estallar el cerebro a la mínima. No tenía costumbre. Le atacó una punzada de dolor intenso al parietal y se imaginó tomando las cafiaspirinas de Lorenzo Falcó. No sabía dónde dar con ellas, así que optó por algo más sencillo: una cerveza bien fría y sin ruido, a poder ser. No pudo ser.

Llevaba siglos sin pisar el supermercado. Paseó por sus galerías para olvidar andanzas. Encontró un respiro entre estanterías y pensó. Allí dio con vidas normales de personas que guardaban ideas como las suyas. Normales, comunes. Carrito en mano, los hombres y mujeres vivían lejos de las novelas, vivían en la vida real. Se fijó en los que se cruzaba y los intuyó felices, tristes, amables, serios... Por más que hubiera millones de libros, quizá no había una historia para cada humano. Muchos no necesitaban un cuento en su vida. Él, tampoco, pensó.

Agarró cerveza y agua mineral. Perdió la mente en el ruido constante de la registradora, el berreo de los niños aburridos, el método de madres y padres entre lineales, la carne, el pescado, los congelados, los productos de higiene personal, las fotos simpáticas de los empleados del mes... Paró ante la galería. Aquellos trabajadores componían unas naciones unidas de bonitos colores: chinos, rojos, blancos, rusos en todos sus tonos, negros, mestizos, gitanos, albano kosovares, tostaditos, moros, indios, negros...

—¡Negro! —atronó.

Los ecos de su voz estallaron con rabia, sorpresa e incredulidad entre los pasillos del mercado. Aún tenía sobrante de ira. Le atacaron en manada hordas de desengaño y gritó 'idiota, idiota, idiota' hasta vaciarse. Ante sus narices se enmarcaba la razón por la cual le resultaron simpáticos una embaucadora sonrisa perfecta, aquellos labios gigantes y esa caradura de color que expelía teorías narrativas 'sui generis'. Todo aquello colgaba desde sus primeros amaneceres en la galería de empleados del mes. Allí lucía careto su amigo el escritor, bajo una gorra de color blanco con ribete rojo, justo encima de la categoría 'el mejor carnicero' y un nombre: farsante.

La noche alumbraba cuando salió del supermercado. El mundo le daba vueltas mientras su hipotálamo intentaba encontrar una explicación que, por fortuna, la dio el propio aludido. El escritor esperaba desparramado sobre el bordillo de la acera, escondido entre sus propias piernas tal cual un avestruz. Lloraba a lágrima viva, con moco ruidoso. Junto a él, sentado a lo mimo, había un tipo enjuto de cara y pelo blancos.

—¿Tú no estabas secuestrado? —le preguntó a gritos.

—Les conté la verdad y me soltaron.

—¿Y éste? —señaló al de los blancos caracteres.

—Otro error de escritor novato. Pensé que nos serviría en la novela. Te ha estado siguiendo pero, como espía, es un poco inútil. Y, al final, no aporta nada a la trama.

—Tú, vete —le dijo.

—Eso, vete.

El tipo se levantó con ademanes cansados. Arregló sus ropas, se repeinó la cabellera blanca. Trató de armar una mueca de personaje secundario malo. No tenía guion y no dijo palabra. Se volteó hacia el horizonte y se lo tragó la noche.

—Debieron liquidarte por la vía rápida, esos socios míos —dijo el don nadie.

—No pudieron. Aún tengo que terminar mi trabajo.

—Eres un puto carnicero de mierda —le soltó, junto a una coz de desahogo al glúteo.

—¡Soy el escritor! —repetía entre sollozos y balanceos, sin atreverse a mirar a la cara a su personaje.

Explícate como un libro abierto, le pidió. Dicho y hecho. Todo empezó unos días antes de aporrear el cristal de su ventana, de que se conocieran en el Thinking. Él también había recibido una propuesta anónima. Con su correspondiente sobre blanco, con sus nueve palabras y sus dos signos de interrogación, y al amanecer de un día cualquiera, mientras se vestía de carnicero para cumplir rutinas.

¿QUIERES SER EL ESCRITOR EN UNA NOVELA DE ÉXITO?

—Al contrario que tú, yo ya tenía un sueño. Escribir. Quería ser un buen novelista, luchaba por mi ópera prima. Pero soy una fuente seca, no tengo ideas. Perdón. Sí las tengo, de bombero. Todos los días registraba no menos de tres o cuatro esquemas, esqueletos para tramas. Alguno llegué a desarrollarlo. Para nada. Me complico, me disperso, ya lo has visto. Aún así, completé intentos. Si terminaba un borrador, lo enviaba a las editoriales. No contestaban, o devolvían un mensaje automático. Me pidieron dinero por editarlos, por imprimirlos. Por la distribución, por la presentación en sociedad, por unos tuits, por unas cuantas buenas críticas, por unos marcapáginas personalizados... Por todo. Estaba ahorrando. Pensaba usar el premio que gané como empleado simpático del mes en el supermercado para costear la impresión de treinta o cuarenta ejemplares. Estaba decidido a editar una novela por mi cuenta. Pero sabía que mis libros eran malos. Sé que soy un fiasco. Mis musas son unas auténticas hijas de satán. No soy un tipo que fracasa, se flagela durante siete segundos y vuelve a la carga. No soy el genio creativo que se inyecta ron con hielos desde las nueve de la mañana hasta que un día le llama su editor con el adelanto de quince mil dólares para que acabe el manuscrito. Nunca vi a un editor. Tengo la teoría de que no existen, son operadores cibernéticos que emplean las editoriales simplemente para decir no. No. No. Gracias por tu interés. No. Sí. No. No.

—Exageras. Si eres malo, eres malo. No culpes a ningún editor. Son todos fantásticos, imprescindibles.

—Eres un pelota.

—Me duele que creas eso, de mí. Y de los editores.

—En fin, vivo en la derrota pero no estoy atormentado. Simplemente, lucho. Por eso, cuando llegó el sobre y la propuesta, contesté —siguió—. No pensé en las consecuencias. Cambiaron las cosas. No sé qué pasó. Empecé a sonreír. A actuar sin voluntad propia, a crear buenos pasajes para un cuento. Esbocé, escribí, borré. Trabajé mucho y un día cayó del cielo un título para tu historia, 'don nadie'. Corto. Llamativo. Original. Le había dado mil vueltas y ya tenía imaginada una portada chula y blanca, con una silueta del protagonista que camina entre oscuros hacia la luz. El título iría en caracteres negros y modernos, escrito en grande, soportado por mi nombre. Era una portada limpia. Creativa. Atrayente. Alejada de la recarga y de los rojos, tan de moda por épocas. Estaba en mi salsa. Luego apareció mi protagonista. Tú. Solo tenía que convencerte, y lanzarte al ruedo. Se supone que la historia se escribiría sola. Me dejé llevar, porque me sentí importante. Ya imaginaba mi nombre en una placa, a las puertas del edificio que habito. 'Aquí vivió el famoso escritor, autor de novelas de éxito'. Iba tan sobrado que ni me dio por parar en aquello que escribe Marías: 'Cabe pensar que todo lo escrito no sea más que la misma gota cayendo sobre la misma piedra'. Teníamos escenarios, teníamos a tu chica, por más que te la negara. Pero el tema no aparecía. La historia. Esa sentencia que resume la novela en cinco palabras.

Las cosas marchaban más o menos. Entonces, tus compañías me metieron en una furgoneta, y luego en una casucha, y luego en un zulo de mala muerte. Entonces, creí que todo quedaría en suspenso. Me amenazaron y les conté. Que si yo no escribía, tú te apagabas. Pero la trama avanzó con vida propia. Los bloqueos que sufriste no eran míos. En la celda donde me metieron tus colegas entendí mi misión, supe que solo sería un secundario. Importante, pero secundario. Y acepté.

—Corta el rollo, tronco. ¿Tronco?

—No soy yo.

—Un favor: no pongas más en mi boca los vocablos 'tronco' y 'puto'. Hay formas mejores de reforzar una idea. No quiero ser de esos que van por la puta vida usando 'puto' para aparentar fortaleza moral o para dárselas de chistoso amargado.

—Insisto. No soy yo. Yo no dicto el guion. Sin tilde. Guion se escribe sin tilde. ¿Lo sabías? Tengo pasión por las palabras. Por la gramática, por la ortografía, por las figuras retóricas y literarias. Un ejemplo. En este justo instante estamos en plena anagnórosis.

Fue hablar de palabras y volver a la llantina. Otro llorón. Inconsolable, derrotado ante un compañero de batallas que no le daría consuelo, pues no sabía qué decir. Ni qué hacer, porque le habían engañado como a un chino. Un carnicero, o alguien que había enredado al carnicero. ¿Quién? Ni idea. Al menos, sabía sobre la anognórosis: el momentazo novelesco, poético o cómico, según el caso, en el que un personaje le reconoce a otro la verdad, lo que permanecía oculto. Voilá. En esas estaban. Reconociéndose mentiras. Pensó. Y pensando concluyó que, por mucho que el presunto guionista desvelase sus verdades, no tenían por qué ser las verdades.

La verdad era otra, y bien sencilla: ni novela, ni aventuras, ni boñigas en vinagre. El timo de las estampitas. Le habían regalado un falso caramelo de fama, le habían adornado un plan de vida. Le habían insertado en la sociedad social, un lugar libre de sentidos en el que vivían las masas irrelevantes. Le habían hecho creer que sería un héroe y que tendría amor, éxito, vida, retuits. No sabía cómo, habían dado color a su mundo. En falso. Tuvieron maña con sus trucos de magia barata. Todo, para que se convirtiera en el cómplice de una banda de delincuentes. Ahí estaba la clave. Los ladrones le habían engañado por unas cuantas fes de vida seleccionadas y eliminadas. Por un montón de timos. Y de dinero sucio. Al final, casi todo en la vida se medía en dineros, pensó. Siempre, el sucio dinero. En cualquier momento daría la vuelta a la esquina y se encontraría con los andamios de la mentira. Como en aquella película que no recordaba haber visto en la que se descubría el cartón piedra tras el horizonte de nubes y el protagonista mandaba a la mierda al guionista. Después de saber y antes de huir por amor. En su caso, ni eso. Ni éxito, ni amor, ni amigos, ni nada.

—La chica ha muerto, la broma es demasiado pesada.

—Ése era su papel en la novela. Estabas avisado.

—¿Avisado? ¿De qué? Somos los pardillos de la puta historia. Cualquiera que sea. ¿Quién escribe nuestro destino? Eres el escritor. Si estamos en una novela, pudiste evitar su muerte.

—No lo entiendes —acusó el escritor.

—Cierto, hay mucho que no entiendo. Pero sí soy capaz de concluir que, aún siendo actor de reparto, tu papel es el de escritor. ¡Escribe! ¡Salva a la chica!

—Ya me gustaría, pero mi tiempo, como tu empleo en el REC, está finiquitado.

—Aún podrías moldear mi conciencia, hacerla liviana. Que me permita perdonarme los pecados propios.

—Poder, podría. Digo yo. Pero no creo que pueda. Tus valores son tuyos.

—Sigo sin comprender.

—Huir, saber, pensar. Al final, elegiste saber y pensar. Sabes que está mal borrar las fes de vida de determinadas personas. Has juzgado. Probablemente hayas concluido que debes revertir el daño hecho a los inocentes. Has llegado, tú solito, a un principio de acción, un valor.

—¿Y?

—Insisto. Solo te presenté opciones. Tus valores son tuyos o, al menos, no son míos.

—Estupendo —Amagó una pausa dramática. La necesitaba. No la tuvo. —Una curiosidad me corroe. Si estamos en el sur, ¿por qué nunca hace calor?

—La vida y los cuentos ocupan universos secantes. A veces se tocan, pero cada cual va por su camino. En las novelas, el calor sirve a un fin, igual que los sentimientos, y los burros. Todo tiene un por qué. Si no hace calor es porque esta historia no lo pide. Todos estamos para algo. Mírame. He sido tu guía. ¿Recuerdas que pediste un mentor? Voilà. Intenté cumplir desde el corazón. Gusta sentirse útil, relevante, aunque sea en el cuento de otro. Tú lo dijiste, quieres grandes compañeros de aventuras. Y los tendrás. Yo he querido ser un buen personaje. En este tiempo, has crecido. Has vivido. Has sentido. Hemos mejorado sustancialmente tu capacidad de diálogo. Sustancialmente. Serás un buen conversador.

—¿Por qué ya no pestañeas?

—Forzaba el gesto, era un toque distintivo. Ya no lo necesito —sí sonreía en blanco, con dentadura perfecta.

—¿No vas a escribir más, entonces?

—Ojalá pudiera. Tú, sin embargo, tienes toda tu vida por escribir.

—¿Y mi nombre?

—Si de mí dependiera, te llamarías Federico García Loca. Por ejemplo.

—¿Qué sabes de mis pasados?

—Poco. Lo que está escrito.

El tipo intuía, así lo dijo, que su semblanza estaba aún por colorear. La casa con olor a estiércol, las guerras civiles, los cien libros y los autores citados le llevaban a creer que, en algún tiempo, pendiente de las letras por trazar, habría una familia para él, una familia con su propia leyenda.

—¿Y la pistola? —preguntó el señor don nadie.

—Has leído al maestro. Ya debes saber de quién era la pistola.

—La bala que atravesó las paredes, y la casa, y la ciudad, y fue a destrozar la imagen de un santo mientras mataban a Santiago Nassar.

—¡Ése sí que fue un gran hilo de ideas! —dijo el escritor.

—Maravilloso.

—Esa pistola bajo tu almohada es pura diversión de novelista. Y un homenaje al más grande.

—Hablando de crónicas. Estuve con Hemingway. En la hache de la biblioteca.

—Sí. Y yo vengo de reunirme con Homero. Por unos pisos que vamos a construir en Ítaca. Con vistas al Jónico. Dejo la carnicería. Me paso al veganismo. ¡No te jode!

Seguían sentados, mano a mano, en el bordillo de una calle decorada con hidrantes rojos de agua para bomberos, farolas de luz cálida y oscuridades. Pensó un instante en vegetales. Justo lo que tardó en atrapar la ironía.

—¿Somos amigos?

—Sí. Lo hemos sido.

Le creyó. Sintió su amistad. El escritor no era cómplice de la mafia, pensó, mientras el otro se levantaba con esfuerzo. Arrancó a llover. Caían del cielo grandes y cuantiosos copos de nieve. Nieve negra. Como recurso literario no tenía precio, dijo el carnicero. Siempre quiso armar una historia en la que llovieran tirabuzones de tizón. El cielo la escupía en lugares donde las minas soltaron humo siglo tras siglo. Al final, el humo manchaba las nubes y las nubes respondían al hombre con nieve carbonizada. Quizá no aportara nada a la trama pero adornaría su marcha, dijo el negro, con pena.

El novelista caminó hacia el centro de la calle mientras él le miraba desde su asiento en la acera, cansado y temiendo que quisiese suicidarse por atropello, como la influyente. Pero no caían coches del cielo, ni por las avenidas. Solo la nieve sin frío y una bruma que atenuaba los colores de la noche.

Allí quedaban dos personajes cerrando una escena de despedidas. Sí había cuento, pero él no era protagonista, sintió. Claro que, en ese caso, no conocía la historia. No entera. O sí. Pagaba platos rotos en una vulgar trampa para pardillos. Era un tonto útil al que habían hecho creer héroe. Todo, para que sirviera a la causa de unos ladrones de tres al cuarto.

El escritor abrió la tapa de una alcantarilla en mitad de la vía. La lanzó lejos sin esfuerzo. Saludó y se sumergió en la noche a través de la escalerilla que debía conducir a las profundidades donde duermen los olvidados, los accesorios. Amagó con frenarle. Había cabos por atar: los bloqueos de escritor que le machacaban. El burro que paseó a destiempo, las obras de reforma en su casa. La calle, Farmington. El tranvía. La bicicleta. Su lenguaje de palabras extrañas y acento marcado por el sur. El Thinking. Los futbolines del REC. Las múltiples elipsis. Sus sentimientos, sus pensamientos cruzados con el novelista, su conciencia. La lectura. Los libros. El amor. Los porros. Todo había caído del cielo de un día para otro, como la nieve negra. Pasó de un antes que no existía a vivir días de locos. El escritor estaba en lo cierto, en parte. Quizá. En la vida no todo tiene un porqué, ni un cómo.

No movió un dedo de los suyos para detener la marcha de su primer amigo. El único. Pudo sentir tristeza, pero no sintió. Estaba a pensar. Y algo le revolvía los pensamientos.

El pardillo iba a devolver el golpe. No soy un héroe, pensó, y por tanto puedo permitirme malos sentimientos. Quitada la venda, descubierto el pastel, tocaba vindicta. 'Derrotar a nuestros enemigos en su propio terreno', diría si se hubiera perdido con Mendoza en algún laberinto de aceitunas. Su destino era frenar a los malos. Compensar a las víctimas. Y pagar los cristales rotos. Seguiría siendo un don nadie, con todas las letras en minúscula. O eso era lo que le tocaba. Protagonizaría su propia fábula y saldaría cagadas volviendo a la irrelevancia para el resto de sus días. Ahí tenía su lección, su moraleja: si la cagas, vuelta a tu vida de don nadie.

22

La irrelevancia era una buena opción a futuro, pero antes debía cumplir con sus obligaciones. Se sentía estafado, aunque de todo lo pretérito había renacido con voluntad propia, autónoma. Quería revolverse a codazos contra su papel en la farsa que le habían escrito y para ello era inexcusable ponerse a la tarea y recuperar las fes de vida eliminadas. O, al menos, devolver a sus dueños algo de los dineros y capacidades sociales que alguien, con su complicidad, había robado a tanta gente sin culpa.

Superó sin aparente dolor los fallecimientos, suicidios y desapariciones voluntarias a las que había asistido letras atrás. Cuando lo pensó, tal desapego no le gustó ni un pelo. Sus sentimientos aún estaban en formación pero ya sintió que querría sentir empatía por los demás. Cumplió el mandato de la chica y consiguió ir más allá de las convenciones. Pensó en la muerte. Se preguntó qué sucedía con cada secundario que los escritores sin alma liquidaban en sus novelas negras. No era tan simple en la vida real. Si los libros describían, a su modo, una realidad, los personajes debían tener una vida más allá de la trama. Hipotecas. Obligaciones. Amores. Pasados, ilusiones, afectos y enemistades. Gente traumatizada por la pérdida. Un equipo huérfano de capitán para el próximo torneo de parchís. Facturas por pagar. Vidas por vivir.

Por muy malísimos que fueran los villanos, en el mundo real todos debían tener mujer o marido, hermanos, padres, hijos. La vida no era tan negra, ni tan blanca. Ni hablar. No suscribía aquello de El Gatopardo, "los soldados son soldados para morir en defensa del rey". Pensó en el coordinador general, del que algo había sabido. Lo justo. Y en su amigo el escritor. Lo ignoraba todo sobre él. A qué se dedicaba cuando no despachaba filetes o no participaba como secundario mentiroso en una farsa de novela. Pongamos que vivía en un cuchitril y tenía prole. ¿Por qué se enterraba en el alcantarillado público, a todas luces una metáfora de su muerte y final? ¿Qué pensarían en el supermercado cuando no se presentara a su turno de trabajo? ¿Quién mide las consecuencias de una novela, o un cuento, cuando el ritmo manda? Es cuestión de ritmo, había dicho el escritor. Rememoró sus palabras sobre el 'séptimo arte', con sus comillas al aire y todo. En el cine no hay tiempo para preguntarse por las vidas de los otros. Solo cuenta el actor principal. La actriz. Los libros deberían reposar de otra forma. En las novelas negras, demasiados personajes viven, mueren y pasan sin más aún habiendo posibilidad de pausa suficiente para el detalle. Para la reflexión, para presentar la causa y el efecto. Sin embargo, la muerte es una espoleta demasiado fácil de soltar. Atrae curiosidades, lectores, ventas.

Pensó. Volvió a pensar. Escuchó el viento. Los silencios. Miró arriba y abajo, a los blancos y los negros de su camino desde aquella noche que amaneció a un día cualquiera. Aquel amanecer mentiroso. Aquella primera página.

Siguió pensando. Se auscultó y supo que debía centrarse en sus virtudes, las únicas que se conocía. Era un don nadie sin equipajes. Era un simple intérprete de datos y a ellos debía agarrarse. Concluyó pensamientos y emprendió. Eso sí, tras un café con sombra en el Thinking. El último de su vida entre los rojos del local.

Allí recopiló todo lo que sabía sobre sus socios. Básicamente, nada. Ése era el punto de partida cuando llegó al Registro Estatal Central. Se disfrazó de ciudadano y evitó que lo reconocieran los oficiales del cuerpo de seguridad. Lo último que deseaba era un espectáculo mientras le ponían de patitas en la calle. En la puta calle, otra vez. Ésta, en el sentido físico del juego de palabras.

Los trajes y las corbatas habían desaparecido, dejando su lugar a camisetas dibujadas, pantalonetas cortas y chanclas, alpargatas, vestidos floreados, mucho tirante.

Se confirmó como un blanco fácil, camuflado como iba con su indumentaria vieja, cuando un joven gigante y barbudo de sonrisa limpia le saludó con cortesía y le dio las gracias, maestro. El hombre, tras gafas de pasta negras sin cristales por cuestión estética, le condujo a través de estancias blancas, espacios huérfanos de mostradores, repletos de sonrisas y buenos rollos sin papel. Sería un honor si nos permite mostrarle nuestros trabajos en la nube, dijo el muchacho, nervioso.

—Es usted leyenda, maestro.

Leyenda con el culo pateado y en la cola del paro, pensó, mientras decidía cómo aprovechar la fascinación del alumno. Lo menos que podía hacer por él era acompañarlo a la Oficina Estatal de Sedes Fiscales. Dicho. Y hecho. De paso, no podría más que permitirle iniciar sesión en un ordenador de última generación de manera anónima. Sin dejar rastro. Puestos en modo servicial, seguro que al joven le honraría tomarse algo con toda una leyenda. Sería genial si se acercaba a los nuevos refrigeradores con bebida gratis para todos los empleados y conseguía una cervecita fresca. O dos. Enseguida, dijo el muchacho, y se esfumó raudo.

Se quedó solo y tecleó por el principio. Sedes fiscales. Gestión de datos. Dato. El único dato al que podía agarrarse era el domicilio familiar de los Lotti, justo al lado del domicilio familiar de su vecino, Juanca el 'lanzapiedras' sin fe gracias a él. Dos tecleos más tarde ya disponía de los datos del socio. Nombre completo. Código Local de Identificación Personal. Domicilio: 'rue' del Desenfreno, 15, casa 10. Siempre el diez. Edad mentirosa, origen incierto, familia numerosa... De entre todos los datos, el siguiente le resultó de interés máximo para la causa. La casa adosada de Jonnhy estaba a nombre de una empresa de importación de salpas con fines cosméticos.

Él no lo sabía, pero Google, sí. Y allí que fue a preguntar. Las salpas son unos invertebrados sin color, cremosos, con pinta de medusas asquerosas que, por épocas, inundan las playas y causan pánicos entre los bañistas. Aún así, no atacan al humano, no inoculan virus mortales. Su único error es alimentarse de fitoplacton. Son inofensivos, pero dan dinero. El fitoplacton se había redescubierto un par de años atrás como ingrediente básico de unos de los remedios más exitosos contra las patas de gallo. Las de la cara en los humanos, no las de los animales.

¿De dónde venía el interés de Lotti por las salpas y sus propiedades anti-edad? Con las salpas, y el fitoplacton que contienen en sus tripas transparentes, los Lotti y su equipo de científicos fabricaban cosméticos y maquillaban arrugas a espuertas. Y, de paso, blanqueaban mucho dinero, éste de color negro, y procedente de las variadas actividades empresariales ilícitas clásicas que mantenían los primos y la familia. No era nuestro don nadie un genio de las finanzas y la deducción, pero tal conclusión se desprendió con cierta facilidad del análisis, sin muchos conocimientos contables, de la ingente cantidad de partidas de ingresos procedentes de la lotería nacional, la explotación ganadera caprina y equina y los locutorios telefónicos que debían gestionar los Lotti en barrios como La Morajela, Costa del Este, Sarrià o Kensington Gardens. ¡Anda! Enigma resuelto. Uno de ellos, se dijo. En las hojas de gastos encontró pagos a la chica influyente.

Pagos cuantiosos. A millón el segundo de video viral sobre las cremas salpinas.

La empresa de blanqueamientos faciales y monetarios tenía por nombre 'Salpinos'. El administrador único y solidario era un consorcio formado por la asociación de quince empresas. Las mismas tenían nombres extraños, pero su domicilio fiscal común estaba en las islas Kiribati. Investigó el lugar, sito más allá del Pacífico, girando a la derecha tras pasar por las Tonga. Para ser precisos, en el culo del mundo.

Las Kiribati eran treinta y tres islas y según las Naciones Unidas sufrían riesgo real de ser menos, pronto. La acción del hombre y sus efectos climáticos amenazaban su supervivencia y la de sus respectivos atolones coralinos.

Él, gestor de nombres y dueño de ninguno, cotejó denominaciones de islas y empresas 'consorciadas'. Unas y otras coincidían: Palmyra, Nauru, Ellice, Tarawa, Mamau... Siguió indagando. La isla principal y única habitable, Banaba, tenía un total de catorce habitantes en el censo, todos los cuales poseían una importante participación en acciones de las quince empresas en las que se dividía el consorcio. Estuvo tentado en tirar de elipsis para viajar hasta el lugar, haciendo escala en Australia. Se merecía unas vacaciones, pero decidió ahorrar. La credibilidad de una vida, novelada o no, no se gana a base de saltos injustificados en el espacio. Por más que le encantaran.

La investigación agilizaría tirando de buscador y del Registro, abierto de par en par, y conectado con el servidor internacional de intercambio de datos gracias a la admiración de su pupilo. Éste hablaba sin parar sobre los códigos de vestimenta, las políticas de conciliación, los procesos de actualización, los beneficios laborales, el trabajo en equipo...

—Usted nos regaló nuestro futuro, maestro.

Claro, mi joven aprendiz. Un placer. ¿Otra cerveza? Sí, maestro. Enseguida. ¿Un ajedrez, maestro? Es nuestro pasatiempo favorito. Cuando el estrés nos gana. Entiéndalo, tenemos mucha presión. Por cierto, cualquier día querría contarle mis ideas para actualizar la información en la nube, maestro. Claro, cualquier día. Uno de éstos que haya nubes.

Entre los catorce habitantes de Banaba había nombres dispares en su raíz cultural: zulús, armenios, chinos, guatemaltecos, árabes, groenlandeses... Cotejó nombres y domicilios fiscales. Revisó sus fes de vida en el buscador internacional a la caza de indicios sobre algo. Una señal. Una anomalía que los vinculara con el tráfico de salpas y fitoplactones. Un número fuera de sitio. Algo.

Saltó su alarma mental. Había catorce habitantes en Banaba y quince empresas en el consorcio. Ergo. Una de las quince empresas asociadas en Salpinos no era propiedad de ningún habitante del atolón. Tiró de hilo. La madeja no era larga. ¡Bingo! La socia no 'kiribatiana' se llamaba María Concetta Meyer Lottina, con domicilio fiscal en la vía Madonna della Catena, 4, de un lugar cuyo nombre era Locorotondo.

Tras otra pausa para la incredulidad, y viajando a través de los mapas del buscador, situó tal localidad en la bota que Italia calza al sur. Revisó datos nuevos y volvió atrás sobre algunos de los ya vistos. Todas las empresas del consorcio repartían porcentajes de propiedad casi a la mitad. Cincuenta y uno contra cuarenta y nueve. Y la participación minoritaria de todas ellas era de la tal Meyer Lottina. Salvo en un caso, en el que tal persona poseía el cincuenta y un por ciento de las acciones de la empresa consorciada. Conclusión: María Concetta tenía la minoría de catorce y la mayoría de una. Ergo: María Concetta era la socia mayoritaria de Salpinos.

Siguió el hilo. Maria Concetta Meyer Lottina figuraba como administradora única y solidaria de una lista de sociedades enrevesada tanto o más que las novelas de Joyce: anónimas, cooperativas, de responsabilidad limitada e ilimitada, unipersonales y colectivas, comanditarias... Salpinos solo era una entre muchas. Cotejó en las bases de datos. Enfrentó los fiscales y los vitales. Su árbol genealógico era ínfimo en proporción con la red empresarial que encabezaba.

Olió carnaza y confirmó su presa enseguida. El buscador de la oficina estatal de fes de vida italiano escupió la ficha de María Concetta. Edad, 97 años. Padres desconocidos. Dieciséis hijos. Cuarenta y tres nietos. Uno de ellos era John Richard Galbani Lotti. Socio, para los amigos. Estudió con detalle la trama y apuntó los datos relevantes para su causa. Eran unos cuantos.

Ipso facto, se despidió de su alumno aventajado, no sin compartir antes unas caladas de confraternización mientras hablaban de las nubes.

—Maestro, le recordaba más guapo.

—Gracias. O no —contestó, por hacer tiempo en la despedida. Y porque no sabía qué decir.

—Se comentan cosas. La gente habla. Sobre usted. Dicen que antes era un don nadie. Con todas las letras. ¿Es cierto?

No tenía respuesta. O sí. Afirmativo. Era y soy, pensó mientras se esfumaba con dirección a Locotoro...cómo se llame.

23

Al nuevo amanecer, tras una elipsis corta y un cambio de capítulo, tiró de recursos no literarios, aprendió de arrojos y tomó decisiones. Acción. Taxi y al aeropuerto. Allí localizó el mostrador de una compañía aérea de bajo coste que viajaba, casualmente, a Bari. Ese mismo día. A esa hora. Pagó un dineral por el trayecto de ida y vuelta. Se quedó en camisa y eliminó corbata y zapatos, ya que su traje excedía el peso permitido por viajero en la tartana en la que volaría.

Caló un último canuto desde la terminal a la escalera del aparato. Se relajó en exceso, algo que le vendría francamente bien si el avión no despegaba del todo. Ocupó el asiento 10-B. Siempre el diez. Rezó por primera vez en su vida. Cuatro esquinas tiene mi cama... Despegó. Volvió a rezar. Ave María purísima...

Suspiró tras el sonido que anunciaba permiso para desatarse del cinto. Velocidad de crucero. Té, café. Algo para comer. Té, café. Durmió y soñó con la chica. Despertó cuando estaba en el cénit. Y aterrizó en la región de la Puglia horas más tarde de jugársela a volar en un cuatro latas del aire. Imposible saber cuántas más tarde, después de las siete anulaciones, retrasos y cancelaciones justificadas por la compañía aérea, irrelevantes para la narración pero indignas con las personas.

En el aeropuerto de destino se inventó un italiano de manual: 'ciao', 'bella', 'idere', 'chinquechento', 'chiutá'. Consiguió transporte en un autobús gratuito y lleno de reventón. Tan repleto iba que debió conformarse con el único asiento libre, con vistas al sobaco de un siciliano que desprendía tufo a tartufo. Valga el juego de olores.

Siglos después de iniciar el capítulo se veía rodeado de calles empedradas, asado como un pollo empezando por las plantas de sus pies, oliendo a peste del cinco y a las puertas del número cuatro de la Vía Madonna...

Golpeó la puerta sin fe. Esperó. Aquel sur sí desprendía calores. Al menos, su olfato no funcionaba. Ventajas de ser un don nadie. Quizá. Le abrió la anciana María Concetta. La mujer, erguida y brazos en jarra desde aproximadamente cien años atrás, vestía un ajustado negro del pañuelo a las alpargatas. Elegante, al modo en que puede lucir un luto con rigor. Delgadez extrema. Pelo blanco desde el final de la frente al moño alto que la coronaba. Gafas de cristales grandes, demasiado para la cara pequeña de la señora. Ojos entornados, vista cansada, mirada trabajosa.

—Signora, buongiorno.

—Prego.

—Verá... He venido a matarla. Finiquito. Caput.

—Pase, hijo —dijo, en italiano entendible—. 'Mi piacerebbe, caro'. Porca vida. ¿'Cutturiddi'?

Doña María, pronunciado 'donna maría' con la i muy alargada, le ofreció unas zapatillas viejas y le sentó ante la mesa en la cocina. Estrecha, blanca, de candela a un fuego. Repleta de cacerolas, con olor a ajos. Reconoció afinidades con la estancia soñada en sus duermevelas, la que asociaba a sus orígenes familiares. Los distintos sures se parecían demasiado, pudo pensar. Pero no lo hizo.

Sin tiempo para declinar, se vio ante un estofado de cordero que atufaba especias mil y kilos de 'pepperoncino'. Picante. Ardiente. Sobre la mesa, hablaron de la vida. En realidad, solo habló ella. No necesitó réplica para repasar su biografía del tirón, en una charla secuencia. Penurias, muertes, hambre, llantos, soledad. Tres platos después, cuando hubo saciado de animal y vinos, él tomó la palabra, explicó a la señora los pormenores de su visita y la acompañó a la plaza del pueblo.

En la 'piazza' estaba el banco. La caja de los ahorros. El lugar de los dineros. Ingresados en el local, la señora pidió al bancario Ciccio que le entregara en efectivo una cantidad suficiente para vivir los próximos diez años. A los ciento siete ya se vería, si faltaba comida. Mientras esperaba el efectivo, la anciana habló de corrido en un italiano profundo, imposible de traducir. Ciccio entendía y no preguntó. En el sur, uno sabe cuándo no debe abrir signos de interrogación. Y menos, si eres un simple bancario. No preguntes, Cic-

cio. Nunca. A los Lotti se les atiende. Pidan lo que pidan.

Doña Concetta cargó el bolso con la moneda y
el billetaje, dejó propina al bello Ciccio cuando éste le
abrió la puerta de salida, tiró de efectivo e invitó a 'ge-
latto' a todos los vecinos que paseaban la plaza. Cayó
la tarde y volvieron al número cuatro de la vía Madonna della Catena.

—Es la hora —dijo la señora.

—¿Tiene miedo? —preguntó, curioso.

—Vivo en el sur.

Se sentó en su mecedora, junto al fuego, en la
penumbra. Pidió el arma. Él le entregó un bolígrafo.
Firmó un poder notarial en blanco que habilitaba al
portador, por más que fuera un don nadie, a mango-
near con la familia y, en particular, con todos sus mu-
ñecos de vudú: hijos, nietos, primos, cuñadas y nueras
hasta la quinta generación de consanguinidad. El poder extendía las facultades de manejo a todas y cada
una de las sociedades del consorcio de las Kiribati, in-
dependientemente de la forma asociativa y el interés
social.

La mujer se durmió mientras él digería el cordero y el 'peperonccino' con un chupito de 'licorchelo'.
Conectó el portátil que había confiscado temporalmen-
te al REC. Transfirió una parte significativa de acciones de las sociedades 'kiribatianas' a una cuenta bancaria de nueva creación en las islas Kapingamarang.

Todo ello, gracias a las oportunas lecciones que le había dado su aprendiz durante la última visita al REC.

Acto seguido, eliminó la fe de vida de doña Concetta. Con su fe cayeron en el limbo todas la estructuras asociativas de sociedades, sociedades de sociedades y consorcios en los que participaba, siempre en nombre de su familia. Sin ella, los cobardes que la buena señora tenía por descendientes quedaron descapitalizados a golpe de tecla. Y el efecto dominó alcanzó a todos sus bienes muebles e inmuebles, sus fondos fiduciarios, sus activos y sus pasivos, su inversiones a corto y largo, sus planes de pensiones, y el jugoso fruto de sus estafas y sus mamoneos en los últimos veinte años... ¡Tanto que había huevos!

Aprovechó la serenidad que ambientaba el hogar con los ronquidos de noventa y siete años y navegó por la Oficina Estatal en linea para rebuscar entre algunas de las fes que había fulminado. Conectó con su pupilo informático. Soy el maestro, dijo. Necesito ayuda. Hay un ataque cibernético en marcha. Debemos caparlo, joven. Una duda: ¿dónde van a parar las fes de vida que eliminamos, por defunción, por desaparición, por descuido? Es raro, maestro, que eso último suceda. Ya lo sabe, actualizamos cada quince días. No se crean fes, salvo el nacimiento social del ciudadano. No se borran las fes. Nunca, salvo, efectivamente, el triste deceso del mismo.

—¿Y si hay error?

—Imposible.

—Ya, pero y si lo hubiere en futuro de probabilidad, aunque sea mínima...

—No hay ni una ínfima posibilidad de eliminar por descuido.

—Alguna habrá...

—No.

—La hay...

—Maestro, sólo por ser tú. Aunque la hubiere, que no la hay, tenemos las espaldas cubiertas por un sistema de recuperación de fichas inserto en la nube. Dicho en inglés, en el 'cloud'. Te hablé de la nube, maestro. No me escuchas.

—Perdón. La nube...

—Todo está en la nube, maestro. Es infinita.

El acceso a la nube era cosa poco recomendable. El aprendiz permitió tal privilegio al maestro, por ser quien era. El maestro. La nube lo guardaba todo. ¿Esa foto que borraste, volviste a borrar, eliminar, destruir, asesinar, quemar, aniquilar? No se preocupe, maestro. La nube guarda una copia de seguridad. Por si acaso. ¿Esa carta de amor que jamás querrías haber escrito y menos aún hubieras querido enviar? En la nube. ¿Ese artículo difamador en el que alguien destrozaba tu reputación de manera gratuita y que un juez había dado orden de fulminar después de un litigio de años? En la nube. Todo estaba en la nube.

Abusó, un poco, de la confianza de su joven aprendiz, hasta que encontró el listado completo de las fes de vida eliminadas capítulos atrás por 'Anónimo'.

Ordenadas por fecha, hora de liquidación y serie numérica del terminal desde el que se había acometido la tarea. Curioseó por las funcionalidades de la nube. ¡Eureka! En la nube sí había una tecla para 'deshacer'. Al final todos somos cobardes. Quien arma el sistema se guarda una última oportunidad para volver atrás.

Seleccionó todas las fichas eliminadas y deshizo. Arrastró las fes de vida a sus lugares de origen, donde siempre debieron estar. El noventa por ciento de los afectados siquiera notaría que había muerto en vida durante un tiempo revuelto. Quizá un recibo impagado, unas noches en vela... Nada irreversible. Devolvió la fe a su antiguo coordinador general. Se había ahogado con su propio vómito. A la puta calle por innovar en la empresa pública con buenas ideas robadas. Pobrecito. Devolvió la capacidad de cortar céspedes a Juanca.

Aún en la nube encontró otra tecla de enorme potencial. Sí que había una opción de no retorno. 'Eliminar definitivamente sin posibilidad de rehacer'. Sólo para valientes. Sin vuelta de hoja. Última oportunidad antes de pulsar. Pulsó. Liquidó las fes de los delincuentes en la trama. De la nube cayeron sin posibilidad de vuelta atrás el maltratador, el kamikaze, la loca de los rayones a los coches y un montón de pájaros más... De entre los eliminados solo le remordía doña Concetta. Pero tenía dinero suficiente bajo el colchón para ofrecer cordero y vinos a las visitas por el resto de sus días.

Se despidió de ella con un beso en la frente. Le surgió el gesto. Sin más. Volvió a la 'piazza', compró un 'machiatto', tiró de móvil y mandó un mensaje.

¡SOCIO!

Enseguida contestó el aludido, lanzando una pregunta con exabrupto.

¿QUÉ COJONES HACES EN UN ESTABLO DE LAS JA-RANDILLAS?

El mensaje de texto se cerraba una figurita humana que expresaba desconcierto, asombro, brazos en jarra. No iba a resolver la duda a su socio. El establo en Las Jarandillas, lugar desconocido para él y para todos, debía ser hogar y reposo del jamelgo con anciano que se había cruzado en el metro. Con disimulo, había aprovechado el encuentro en el metro y las caricias para regalarle su reloj inteligente, que pendía desde entonces en la oreja derecha del animal. El reloj, listo como pocos, estaba dotado de hora, minutos, segundos, fecha y día de la semana, pulsómetro, regulador de sueños y sistema de posicionamiento global conectado al ordenador que gastaba Lotti para tener controlado, en todo momento, a su socio. O, en este caso, al burro. En Las Jarandillas.

Adjuntó vía mensaje telefónico las imágenes de de las fes de vida eliminadas y del poder notarial que le había firmado doña Conccceta. Además, envió una fotografía que se había tomado a modo de recuerdo con doña Concetta. Los dos sonreían mientras él fijaba la instantánea girando el teléfono móvil hacia sí mismos en una posición absurda para hacer fotos decentes.

Al momento sonó el teléfono. No había contestado y ya oía los gritos de Lotti.

—¡Joputa!

Escuchó. Dejó reposar los insultos. Se recreó en ellos, y en armar su escudo contra barbaridades. Respiró. Cuando su socio hubo desfallecido, probó a hablar. El negocio es sencillo, le explicó.

—Te explico. Guardo el poder notarial que me ha otorgado tu abuela en una aldea de ocho habitantes y veinte notarios en la meseta central siberiana de un lugar que termina en '-ikistán'. Ah, no, disculpa. La empresa que he creado con vuestros activos está en la Mangonesia. Creo. Bueno, ya no sé. Me lío. En cualquier caso, fíjate si está el sitio perdido que probablemente, ni yo sea capaz de dar con él en un mapamundi. Salvo que lo necesite. Un poco más cerca guardo una copia de seguridad de tu fe de vida y de la de todos tus primos. Me he creado un acceso único y ultra secreto con el que, a ritmo de dos teclas, me cargo tu fe de vida definitivamente y sin posibilidad de rehacer. Seleccionar. Eliminar. ¿Recuerdas? Además, poseo el listado con los CLIPs de todos tus socios en el ajo, en tus chanchullos. No viene al caso extenderme sobre detalles, ¿verdad? Si tú dejas estar las cosas, yo no pulso dichas teclas. Si te mueves, pulso. Selecciono y elimino. Piensa en tu beneficio. Te estoy regalando reputación. Podrás seguir siendo un socio respetable para otro pardillo, de puertas para afuera. O podrás cambiar de nombre, dejar la ciudad sin ruido, buscar una isla con posibles para tus futuros negocios... En ese caso, yo haré como que ignoro todo sobre el 'tinglao' que tenéis en las Kiribati. La documentación que detalla tus mierdas societarias está a otra tecla, concretamente la de 'enviar', de la unidad de delitos financieros de la policía. Me vale la de cualquier país en tres cuartas partes del mundo. Gestapo. Scotland Yard, KGB, la TIA... Si no cumples, si te da por forzarme, si decides luchar, subasto los documentos al mejor postor. La pasma va a disfrutar como una jauría de lobos. Y nosotros no queremos lobos en nuestra vidas de cordero. Generoso, ¿no te parece? Seamos 'ovejitas'. Por la familia. Socio.

Por cierto, hazme un favor si no quieres que regale a los noticieros un montón de papeles con vuestras mierdas. Poneos de acuerdo los primos para visitar a doña Concetta. De vez en cuando, hombre. ¡Qué mujer más grande y vaya poca vergüenza tenéis! Todos.

—¡Qué cabrón!

24

Paseó con calma por Locorotondo, disfrutando de su recién mejorada condición de irónico. Recordó la cita de alguien que citaba a Sócrates, quizá sin rigor. 'La ironía es la herramienta del humilde contra el charlatán'. Se gustó, mordaz. Y lo sería, por siempre.

La vuelta fue pausada. Adaptó el ritmo a sus latidos. Aún en la Apulia, deambuló por la terminal del aeropuerto. Curioseó triángulos de chocolate, perfumes, camisetas de fútbol, licores, calzoncillos y revistas. Compró un libro. Eligió por recomendación de su amigo el escritor. Y por la portada. Un tipo en blanco y negro con chistera y a cuatro fotos. Paul Auster.

Durante el viaje, ante la ausencia de elipsis y la presencia de muchos tiempos muertos, avanzó lectura y se lanzó a escribir. Mal. Sin fluidez. Con torpeza consiguió darle cierta forma a los sucesos vividos. Quiso ser objetivo y se ciñó a los hechos. Adornó lo inexplicable y se centró en su verdad, desde que amaneció el día más mentiroso. Las reformas en el REC, su despido. Los personajes. La ilusión de la amistad y el éxito. El engaño y los errores cometidos. Las facturas pendientes, los pagos en especie. La trama delincuente que había documentado a través de un trillón de datos. Tituló. 'Crónica de una novela casi negra'. Repasó. Rehizo. Releyó. Redondeó y le salió un buen reportaje periodístico que podría completar con algunas reflexiones finales, subjetivas. Se sentía con derecho a ello. A explicar. A pedir perdón. A continuar.

El punto y final le entregó una especie de felicidad que tenía tres partes de orgullo, una pizca de novedad y montones de ilusión. Aquello que sentía debía ser, efectivamente, alegría: una emoción que le recorría las entrañas y le germinaba tranquilidad regada con matices de bienestar, euforia y una necesidad tonta de sonreír por nada.

Disfrutó de las nubes, las blancas de toda la vida, las que dibujaban el cielo por la condensación de agua. Aterrizó en Farmington. Esperó los interminables controles de aduana. Tomó el primer tren hasta la ciudad. En el trayecto, mandó el borrador del reporte a John Lotti. El teléfono móvil del susodicho respondió en automático.

EL USUARIO YA NO EXISTE

Aunque al protagonista se le escaparan tales extremos, es posible, solo posible, que el bancario Ciccio tuviera contactos con algún primo Lotti y hubiera informado del desfalco 'ipso facto'. Y es solo probable que ese primo hablara con otro primo hasta que alguno de los tíos en la cúpula de la familia recibiera noticia de los trapicheos del Johnny y de la consiguiente muerte social de la abuela. Siendo así, no se descarta que la familia explosionara y su socio, exsocio, pagara los platos rotos. Y explosionara, también, literalmente.

Caminó hasta su barrio. Pasó de largo sobre el Thinking, cerrado por derribo. No supo reconocerlos, pero sonaron en su mente los acordes serenos del tema de John Dunbar, en Bailando con Lobos, cuando el teniente viaja hacia el más allá del salvaje oeste. En busca de búfalos. Tutonka.

En uno de los bancos del parque reciente encontró silencio para terminar su lectura. Con pausa, tras razones y entendimientos, cerró 'El libro de las ilusiones'. Quizá él se parecía al don nadie que interpretaba Hector Mann, el tipo al que su amigo el escritor negro, supuso, le había robado el título para su novela 'interruptus'.

Se recreó en su homónimo americano. El personaje en la trama de Auster era 'antípodo' a un don nadie. Hector Mann, o Herman Loesser o Hector Spelling, o Chaim Mandelbaum, era un mal tipo. Egoísta. Embaucador. Mentiroso. Actor. Elegía identidad nueva tras cada tropelía.

El personaje que interpretaba Hector Mann en una película muda dentro de la novela era distinto a Hector Mann. Su don nadie era un tipo invisible, como él, pero con capacidad de obrar desde el minuto cero. Tenía historia, la de una maldición que lo volvió transparente a la mirada de los suyos. Tenía vida, familia y felicidad previas. Cayó en una trampa y luchó para rehacerse. Don Nadie quería ser 'uno de los buenos' y tuvo su final feliz. El protagonista de la película dentro de la novela de Auster se escribía en mayúscula, Don Nadie. Y no era un don nadie, definitivamente.

Él sí lo era, pensó. El título le venía que ni pintado. Con las ocho letras en minúscula. No merecía premios ni final feliz. Agradecía a las novelas que no tuvieran necesidad de uno, siempre, en cualquier circunstancia. Sabía poco de celuloides, pero pensó que del cine debía ser buena parte de la culpa en esas ansias por resolver todas las historias con ganancia. La imagen apenas tolera los finales tristes, le había contado el escritor. El terremoto devastó la ciudad pero el amor venció para los dos únicos supervivientes. El terrorista tumbó dos torres de un 'avionetazo', pero el bombero salvó una vida de entre los escombros, donde quedaron enterrados otras tres mil. Perdimos la guerra y murieron millones, pero la niña conservó su oso de peluche y su amistad con el hijo del comandante general de las fuerzas enemigas. El cine celebra triunfo aún en el fracaso. La vida no es así, ya se lo decía a su amigo negro. Al contrario. Nunca, nadie, en ninguna circunstancia, podrá defender un final feliz para la vida. Si el final de la vida es la muerte, ésta no es feliz. Nunca. Y punto. Aparte.

Cuando cumplía su última hora con usuario y contraseña en línea seleccionó su fe de vida por rellenar. Eliminó. Entró en la nube. Volvió a seleccionar su fe. Eliminó definitivamente sin posibilidad de rehacer. Seguido, visitó el REC. Entregó su ordenador portátil y firmó el finiquito. Pidió que la indemnización se la entregaran en efectivo. En pesetas. Se cruzó con su aprendiz por los pasillos pero no fue reconocido. Un oficial del cuerpo de seguridad le acompañó hasta la misma puerta de salida y le dio una innecesaria palmada en el omoplato diestro. Al menos, no atacó su nalgatorio.

Al salir del Registro partió de cero. De la nada. Sintió un vacío agradable. Como si, con la eliminación fe de vida, se le hubiera formateado el cerebro. Supo que había sabido algo sobre datos, sobre números, sobre burocracias e inteligencias artificiales. Pero ya no sabía nada. Se sumió en la mente. El único dato que guardaba era un enorme diez. Sabía que el diez era su número. Sin saber por qué. Ya lo pensaría.

Anheló un nombre. Se había pasado la eternidad sin título y así seguía. En cualquier caso, nadie lo nombraba. Pronto elegiría uno. Potente. Con clase a la par que irrelevante para el mundo. Un día volvería por el Registro para solicitar su fe de vida.

Añoró sus sábanas sin color, sus días blancos en una casa sin calle, en un hogar sin noticias ni brisas. Saboreó un bocado de la tortilla de patatas perfecta: con su huevo cuajado, la patata crujiente por dentro, requemados los exteriores. Con su ápice de cebolla. Tirando a fría. Del día anterior. Salivó y creyó oír el zumbido de una mosca cojonera. Su mosca de los amaneceres. Estaba decidido. Protagonizaría una vida sin 'calamaritos', fuesen lo que fuesen los 'calamaritos'. A decir verdad, él no sabía de calamaritos. No chopitos. No puntillitas. 'Calamaritos'.

Buscaría trabajo, uno entre la masa. Sería un buen empleado en alguna oficina estatal de las millones que soportaba el país. Le valía cualquiera para una vida de lunes a lunes, sin finales para descansar. Mentira. Sin fiestas de guardar, sin amigos, socios ni colegas, sin fiestas, compañeros ni viajes. Había vivido así durante un tiempo que él nombraría como 'siempre'. Y aceptó que no habría nada malo en volver a esa existencia sin altibajos cuando, al alba, abriera los ojos y tuviera un oficio del montón, absorto en la muchedumbre. Mentira. No le había ido tan mal cuando pasaba desapercibido a la vida, cuando era un don nadie sin letra ni música, desconocido para todos. Sintió paz, en falso. Se engañaba.

Se había deshecho de la aventura, de un escritor con magia barata, de los futuros subjuntivos, del sur y sus dejes. Podría ser sin ser. Como otros muchos. La gente vivía vidas completas de absoluta irrelevancia. Él no tenía por qué desentonar. Mentira. Entonces sí, después de todo lo vivido, era uno más. Todo por su paz, a cambio de una promesa de nada. Nada tenía. Nada necesitaba. ¿Cómo era aquello? Ni envidiado, ni envidioso, a solas su vida pasa, recitó sorprendido por la poesía.

Se engañaba, aunque no lo sabía, puesto que, valga el pleonasmo, sabía muy poco sobre sí mismo. Sobrevoló sus propias mentiras. La cita recitaba al fraile le evocó las risas tontas del escritor. Sintió nostalgia de las batallas con su amigo. Pensó. Su literato tenía razón en algo: las máquinas no serían capaces, nunca, de crear poesía, una décima falsa de versos octosílabos con rima consonante única, original. Singular. Distinta. La inteligencia artificial, creada por el hombre, le birlaría al hombre muchos oficios. Homo homini lupus, según Hobbes. Otra vez el lobo. Pero la máquina nunca podría con el genio de los poetas.

Sintió que la mente le jugaba sola, por libre. Como si alguien le deletreara los pensamientos. Ideas como las anteriores, o las siguientes, no eran suyas. De hecho, eran mías. Pero, por el momento, él no lo sabía.

Cerró los ojos con fuerza. La tecnología repite sobre modelos, pensó. Tiene capacidad para elegir entre millones, trillones de patrones. Pero jamás inventará sobre un velero bergantín que no corta el mar sino vuela porque se hace camino al andar, caminante no hay camino... El ajedrez. ¿Por qué pensaba en el ajedrez si él no sabía ni una sola de sus reglas de juego?, se preguntó. Era incapaz de controlar el flujo de ideas, así que se dejó ir. Estaba en su hogar, echado en su sofá, con los pies en cruz sobre la mesa. Centró el ritmo de pensamientos. Volvió de sus dispersiones. Cerró los ojos. El ajedrez. Había millones de posibles movimientos, en combinaciones hasta casi el infinito. La máquina los conoce todos. Y elige. Jaque mate al humano. Pero la máquina jamás moverá un alfil en ele. O una torre en diagonal, o un peón hacia atrás. La máquina nunca engaña, no inventa. No trampea, no se salta las normas, carece de voluntad, de talento, chispa. Él aún desconocía esa fortaleza de carácter: su capacidad para la transgresión. Pronto abusaría de ella. En sus futuras aventuras. La singularidad distinguía a los hombres de la inteligencia artificial.

Esa singularidad, ese trazo de pincel irregular que encendía la luz a los talentos, escaseaba. Los tiempos atacaban la espontaneidad. Por eso saltó la chica a las vías del metro. No lo entiendes, le había dicho. Pasado lo pasado, lo entendió. Ella no iba a regalar su albedrío libre a una máquina. Si su 'alter ella' de tornillos y circuitos volaba con sus alas, la humana se volvería irrelevante. Tarde o temprano. Alas, guiones. Ideas. Procesos. Es lo que necesitaban las máquinas. Cuando los tuvieren, adiós al hombre. Al paro. Despedido. A la puta calle con improcedencia. Las máquinas no necesitaban rupturas, se alimentaban de modelos e igualdad. Por eso el mundo había declarado el advenimiento de la sosería, la muerte de la gracia. Los renacimientos. Lo había sentido en las calles, en los silencios de las personas, en los gestos de rebeldía aislados, en las palabras de sus fantasmas...

Aún con conciencia, apenas era consciente de lo que se avecinaba. Estaba a un tris de vivir tiempos tristes, apagados, sin sobresalientes. Tiempos sin vencedores ni vencidos. Nadie ni nada permanecería de padres a hijos. Recordó la pintura de Goya, la charla con Isidoro y se preguntó: ¿alguien pinta hoy lienzos con ilusión de eternidad? ¿Quienes serán los Velázquez de nuestros siglos? Él apenas lo había sabido, en sus primeras lecturas de biblioteca. El buen lector recurría a los clásicos porque no se escribían clásicos. Cien años de soledad. La sombra del viento. La reina del sur. Los pilares de la tierra. Rayuela, por su homenaje a las rupturas y por ser tan laberíntico como las cosas de Joyce... Alguno más habría, pero desde su ignorancia recién aprendida se sentía incapaz de continuar los puntos suspensivos. En el cine, se reeditaban los primeros éxitos. Se coloreaba el blanco y negro. Nadie presentaba un guion que no estuviera ya en los tebeos. Las hordas se reunían año tras año para recordar a bandas musicales que habían colgado la guitarra dos generaciones atrás. Cuando los músicos sobrevivían, volvían a la carretera, ya en sus vejeces, para certificar que cualquier tiempo pasado fue mejor. Cantaban sus viejas canciones, recuperaban por un instante su viejo público.

En las calles, no había planos nuevos sobre la ciudad. Aguantaban las catedrales de siempre, algunas. Los soñadores esperaban a Gaudí, mientras los edificios dibujados por ilusionistas ricos se caían a trozos, inundados a goteras. Las estatuas enmohecían donde el pueblo no las arrancó a martillazos. ¿Quién merecería, en días planos e iguales, una escultura para el aplauso público de sus conciudadanos? Los héroes guardaban anonimato. Se refugiaban en las noticias irrelevantes de los diarios. Lejos de las artes, las cosas cambiaban lo justo. El hombre no tenía qué descubrir. Las sociedades se clonaban sobre la anterior. El mundo parecía en un duermevela eterno. La política se ahogaba en el barro, no nacían grandes estadistas, pensadores, líderes. Ganaban los charlatanes. Las ideas eran siempre las mismas. Rehechas, repensadas, actualizadas. Nadie envalentonaba, nadie invadía. Los conflictos eran de cascarilla y las guerras se localizaban y se jugaban con drones. Solo se destruía el tercer mundo mientras el primero y el segundo malvivían entre cobardes y apáticos. En la ciencia nunca se celebraba nada, como si los avances los guardaran para sus mecenas, a la espera de la juventud, la inmortalidad. Nadie inventaba, desde los cacharros inteligentes. Eran tiempos de hastío. Siquiera se celebraba el aburrimiento.

Temió haber caído en otra disquisición apocalíptica de escritor. La distopía le asustó y deseó el vacío absoluto, su pertenencia a la sociedad de la indiferencia. Quiso un nuevo día cualquiera entre sus paredes, rodeado por su vida blanca e irrelevante. Mentira. Respiró. Serenó. Sopesó opciones. Todas pasaban por abrir los ojos. Y encarar.

25

Encaró. Un nuevo 'hágase' brotó del silencio y el blanco le rodeó, al abrir los ojos. Sus huesos no reposaban en casa. Todo era un blanco sin salones angostos, sofás para uno, ventanas cerradas y frigoríficos vacíos. Estaba en un blanco sin aristas, sin líneas del horizonte ni esquinas. No había bordes. Solo un blanco infinito.

Consideró la posibilidad de haber caído en un sueño. O en la muerte. Quizá, el blanco era de luz eterna. Así era el tránsito, se le ocurrió. Se vio de pie y asentó en un albo perpetuo, el ártico sin frío ni calores. A su alrededor, la nada. Podía mirar arriba y abajo, a los lados. Todo era el mismo níveo. Chilló en busca del eco. Nada. Abrió y cerró los ojos con toda la fuerza de la que fue capaz. Hasta que le dolió la sien como si fuese a explotar. Respiró. Intentó no respirar. Y nada. Se levantó y quiso caminar, pero sus pasos le llevaban hacia un sinfín perfecto. Saltó. Pisó. Pataleó. Lanzó manotazos al aire, buscando algo que golpear. Una puerta, una columna retro, un techo, un suelo. Pero no había nada. Estaba, literalmente, en blanco. Como un escritor en su fracaso. En blanco.

¿Muerte o novela? Pensó. Ya pensaba. Si vivía un cuento, nadaba en otro atasco en la trama, otro pedo mental del escritor. Uno grave. Peor, formaba parte de un borrador eliminado, un cuento a medias al que nadie volvería, nunca. Menos, después del adiós de su amigo a través de su alcantarilla. No se habían planteado que, al final, todo acabara con un manuscrito incompleto. Y, sin embargo, era la obra con más ediciones de la historia de la literatura. Cada una, personal, única. Siendo así, él existiría como uno más de los personajes purgantes en la eternidad de los relatos inacabados. A la espera de qué. Sin opciones, salvo que un milagro devolviera al escritor con la fuerza y el talento necesarios para continuar el borrador inacabado.

Si la novela existía, sus elipsis y sus hábitos recién adquiridos, también. Por más que el borrado de su fe de vida le hubiera dejado sin alma, había resurgido del embrollo con algo más importante que un nombre, un documento de identidad o un puesto de trabajo. Ilusión. Sensaciones. Sus ansias de lectura. La habilidad para interpretar. Los consejos que había recibido, la asunción de responsabilidades, una futura tendencia a bailar con pasos cambiados, a luchar contra las igualdades. Luchar huyendo, pensando, sabiendo, creyendo.

¿Y entonces? ¿Novela, sí o no? Estaba en una más de sus contradicciones. Desde que pensaba y elegía no sabía qué querer. En su abismo blanco, se decía irrelevante y se sabía todo lo contrario. Lo supo al recordar una maravillosa frase que había dibujado Padura en 'Pasado Perfecto': "Los domingos son para el barrio". No quería vivir siempre, de lunes a lunes, entre una oficina y su cama. Entre su cama y una oficina. Quería dedicarse a la vida y reconocerse parte de algún óleo de época. Quería luchar contra lo lineal. Huir, pensar, saber, creer y transgredir. Saltarse las normas, ir más allá, preguntar, responder, escribir. Crear. Querer. Sentir. Vivir. Morir.

En los blancos, sintió que era tarde, al verse entre una pureza sin final, toda vez que había seleccionado y eliminado su propia fe de vida sin posibilidad de retorno. Quiso fumar y dormir. Apagar. Morir. Si ésa era la vía para salir de su blancura eterna. Se echó las manos a los bolsillos pero no tenía. Ni bolsillos ni ropa. Por tener, no tenía ni cuerpo. Existía pero no sabía con qué forma. Trataba de tocarse, sin éxito, cuando a su alrededor nació un ruido, un martilleo incesante y constante. Sobre su mirada, a su lado, atrás, en ningún lugar concreto, parpadeaba por segundos un objeto largo y estrecho que latía firme y tan negro como su añorado escritor.

TOC, TOC, TOC, TOC, TOC, TOC...

Pudo pensar en el ruido de un reloj, en el tambor de las resacas golpeando su sesera maltrecha. O en una cuenta atrás hacia el tiempo infinito que creía por delante. No pasó por tales opciones. Cuando se convenció como parte de la albura que le rodeaba pensó más allá de toda razón. Entonces, detectó el origen real de ese sonido intermitente y esa barra negra sobre blanco. Se supo a un suspiro de ser borrado definitivamente. Desde lo más profundo de su transparencia, respiró. Y me habló.

—¿Es el final?

Quizá no debí responderle, y dejar abierto el cuento, libre para intérpretes. Pero, después de tantos rodeos, tanta correría y tanto desconcierto, le debía sinceridad. Lo necesitaba centrado, por sus futuros enredos, y le quise regalar un diálogo. Además, no iba a desperdiciar una oportunidad única para hablar con mi personaje. Jugar en la novela no es algo que uno se pueda permitir con alegría.

—Es el principio —dije, por más que la lógica narrativa mandaba lo contrario. Tres partes, según el canon de todo mito. Planteamiento, nudo, desenlace. Había crecido desde la nada, su enredo estaba deshecho y, de alguna manera, el personaje había ganado. Era distinto, mejor.

—¿Dónde estoy, exactamente?

—Piensa, compañero. Ahora eres capaz.

—El limbo. La antesala del cielo. La nada. Las nubes —dijo.

Si intuía algo, el personaje no lo expresó. No era fácil y no quise darle más protagonismo, a estas alturas. Además, acumulaba demasiadas contradicciones. Un autor jamás tendrá control total sobre la cabeza de sus personajes. Yo no lo tengo, ni tras esta aventura mano a mano. Soy incapaz de saber si él reconoció el cursor, la palabra cuando está pendiente de nacer. El momento en que un escritor coge aire frente al folio virgen y la pantalla en blanco. El comienzo de la aventura, el inicio de todo, la elección de la primera sentencia. La más importante, dicen. Estábamos en la página cero. En la portada blanca sobre negro de su novela, que titulé con letras minúsculas y grandes, en caracteres modernos. 'American typewriter'.

Tecleé un gran 'don nadie' y él se asustó.

—¿Qué hacemos aquí?

—Existir. Armarnos contra los azares. ¿No escuchaste a Ernst?

—Estoy cansado. ¿Por qué no me dejas en paz?

—Te apagarías, como el escritor. Él ha muerto por tu vida. Perdón por el palabreo.

—No juego a palabras, y menos con carceleros.

—Sí que juegas a las palabras, siempre. Aunque aún no eres experto.

—¿Tú no pedirías un respiro, después de todo?

—Es posible, pero yo no soy el malo de la novela, ni soy libre para liberarte. Otro juego de palabras. Aprende. Solo puedo darte más palabras y más vida.

—No me fío de ti.

—Haces bien.

—¿Eres quien me habla en sueños?

—Soy quien escribe tus sueños.

—¿Eres Dios?

—¿Tienes fe?

—No lo sé. ¿Y tú?

—Tampoco lo sé. Pero, para ti, sí. Soy Dios.

Forcé una pausa, el tiempo justo que regala al texto un punto y coma, ese signo tan denostado. Él lo usó para pensar, algo en lo que se ejercitaba cada vez mejor. Sabía, y pensaba. Ya tendría tiempo de huir y creer. Habló.

—Iba a preguntar quién soy yo. Pero siento la frase más que manida, carbonizada. Y me evoca charlas de monos y leones.

—Acabas de chocarte con una de las razones de estas correrías. Ya sabemos quién eres. Lo sabes tú, más o menos, y lo sé yo, que es lo importante.

—Valga el tópico, pues. ¿Quién soy, según tú?

—Sólo eres según yo. Eres un salto mental constante. Eres un caos de ideas, y me gusta. Eres escasamente guapo. Eres inconsciente pero aprendes conciencia. Guardas valores y escaso valor. Es decir, eres un tipo tirando a cobardica, de inicio. Hasta que algo te toca la tecla adecuada. Entonces eres pendenciero. Justiciero. Echado 'palante' cuando te lo crees. Eres un romántico incurable. Enamoradizo de primeras y tendente a calzonazos. Curioso, blandito de carácter. No eres fuerte. Eres un buen tipo con principios. Los tuyos, y no los cambiarías por otros, jamás. Puedes estar tranquilo, no serás el hijo de Mufasa, por más que hay en ti una especie de honestidad anormal, que diría Houellebecq. Serás preguntón incisivo, rayando la impertinencia. Eres lector. Irresponsable. Fumata. Aventurero, quizá en demasía. Tiene que ser así, por las historias que nos toca vivir.

—¿Muchas?

—La pregunta es otra, para mí.

—Mi pregunta es cuál es la pregunta, para ti.

—La pregunta, a la que debes buscar respuesta, es: ¿Quién quieres ser?

—Pero solo querré ser en función de lo que tú escribas...

—Correcto.

—¿Y si algún día quiero ser el que te traicione?

—Ese día brindaré por mi éxito, si estoy vivo.

—Podría luchar, resistirme a secundar tus ideas...

—No espero menos de ti, pero no eres Augusto Pérez. Por fortuna.

—Lo conozco. Niebla. No conseguí terminarla.

—En realidad, yo no conseguí terminarla.

—¿Algún día seré libre? —preguntó el personaje.

—Sabes que no pero sí. No en el sentido pleno de la idea. Sí, a mi manera. Y a la de los lectores que te quieran.

Cedió al silencio, uno de sus estados favoritos a futuro. Buscaba las palabras para combatir en el choque dialéctico que tanto le gustó y tantos problemas le traerá. Paseó entre los blancos, curioso con el parpadeo del cursor y el brote de caracteres. Pensó en la pregunta. ¿Quién quiero ser? Ya no partía desde su antigua 'ningunidad'. Algunas de sus respuestas estaban en los desvaríos de autor sufridos en la narración.

—¿Problemas? ¿Qué problemas? Te estoy leyendo —dijo el protagonista.

—Tendrás problemas, sí. Tus pensamientos te arrastrarán al conflicto. Siempre. Pronto.

—Podría volver a la oficina del REC. O guardarme mis pensares y boicotear tu inspiración.

—No puedes. Y, aunque pudieras, ¿quién pierde más?

—Meridianamente, tú. Unamuno no mató a Augusto. 'Niveló' que lo mataba, pero le dio la eternidad. Ganó el personaje. Si yo no existo, tú serás un escritor sin héroe.

—Buen golpe.

—Soy bueno...

—Yo soy bueno. Tú estás en camino de serlo, pero aún no terminé de moldearte. Tienes mucho que aprender, muchas palabras que inventarte. Y yo siempre puedo empezar de cero. Estás a una tecla de la nada. No tengo miedo a seleccionar y borrar. Ni a dejarlo.

El único modo que tiene un héroe de rebelarse contra su creador es superarle en fama. Es probable que no haya muchos casos, en la historia de los libros y los cuentos: don Quijote juega un pulso con Cervantes, Sherlock Holmes quizá le gane a Conan Doyle a los puntos. Y el Principito al aviador que lo creó. Pérez-Reverte cita a D'Artagnan en El Club Dumas. Habría que enfrentar a Ulises contra Homero. A Mickey

Mouse contra Walter Disney. A Darth Vader contra George Lucas. A Jesús contra Dios. No lo sé.

—Sigo leyendo, padre —dijo el aprendiz de sarcasmos, mientras se apartaba con agilidad de las letras, palabras, frases y líneas que manaban de la página—. Y he pensado en algo. Sobre eso que dices. Propones muchos y buenos ejemplos. Ya me gustaría estar al nivel de alguno. Pero hay algo seguro. Tú palmarás tarde o temprano. Los escritores y los humanos, en general, tenéis esa virtud. Pasáis. Acabáis. Morís. Si me das la vida, te entierro. Con más o menos éxito, tengo la eternidad por delante. Aún en el más recóndito de los rincones, perdido en aquel cementerio de los libros olvidados. Mientras alguien sepa leer.

—¿No te creerás mi único personaje? Podría moldearte como un secundario del montón. Útil pero pasajero. Accesorio. Olvidable.

—Seré protagonista. El mejor. Seguro —dijo.

—Te vienes arriba rápido. Tanto como te vendrás abajo.

—¿Y entonces?

—¿Entonces, qué?

—¿Por dónde empezamos?

—Por declararnos gratitud. Te toca.

—Hablaba de nuestras aventuras —dijo el personaje.

—Tranquilito, chaval —repliqué.

—Gracias, por lo de chaval. ¿Escribes?

—Hágase. Érase una vez...

—Flojísimo. Borra y prueba desde cero.

—Trabajo mejor en soledad, pero, si te callas, te nombro.

—....

Cumplió. Se tumbó en la inmensidad del folio, echó la cabeza sobre los brazos, cruzó las piernas, respiró a ritmo del cursor y se dispuso a esperar las palabras. Una tras otra. Entonces, le conté su historia, la de sus padres y sus abuelos, sus raíces y sus libros, sus casas y sus vocaciones. Todo lo que sé de él hasta la fecha, que no es todo, ni mucho menos. Sí le expliqué por qué se llamaría, en nuestros futuros por escribir, Mario Francisco Lara Heredia.

—Puedes llamarme Fran.

—Correcto. Encantado, Fran. Ahora, permíteme...

—Mi nombre. Fran...

—Es por mi abuelo materno. Frasco.

—Y Mario, ¿es por el muerto de don Miguel Delibes?

—Es por don Mariano. José. De Larra.

—Ya me contarás la razón. ¿Y mis padres? La familia...

—Lo de tu familia nos daría para otra novela. Histórica. De amor. Clásica.

—Así me gusta. Dosifica información. Ceba mi interés...

—Por favor. Esperan buenas ideas y conviene aprovechar. Silencio.

—¡Bravo! Gran palabra para un arranque potente...

Así comenzó su primera aventura, en la que le recompensé con su palabra perfecta. Al sur del sur, entre misterios por resolver, engaños y un país camino del abismo.

"Silencio es mi palabra perfecta. Era. Pensé que lo era. La voz que nombra su ausencia. El verbo del vacío de palabras"

Aquel cuento ya estaba escrito, y por eso mandé a Fran a otro, el siguiente. A los pies de un barrio árabe, al sur. Siempre al sur, en el lugar donde cursó, entre comillas, algunos de sus efímeros estudios.

Se había dormido en el rincón de un callejón escalonado, mientras fantaseaba al son de cuentos, humos y una guitarra española. A los pies del Mirador y con vistas a la torre de la Vela. Amaneció un día fantástico y sintió blancos radiantes con olores a jazmín y damas de noche.

—¿Conoces el Albaicín? —le pregunté.

—No tengo el gusto.

—Carga la mochila. Pasaporte. Dinero. Libreta. Ropa cómoda y fresca. Tira las cosas de fumar. La frontera es peligrosa.

—¿Dónde vamos?

—No tengo claro el destino. El continente, sí. Viajamos a África.

—¿África? ¿Qué se me ha perdido en África?

—Alguien. Ella. La buscamos a ella. Y, tras ella, la verdad.

—Tío, eres muy bueno...

—No soy tu tío. Soy tu Dios. Calla y mírala. Lleva en la mano un libro de Asimov. Viene bajando las escaleras.

—¡Qué guapa!

—No tienes remedio, don Quijote. ¡Corre!

Chamberí, mayo de 2020

Epílogo y gracias

Permíteme, querido lector, que te dé un abrazo gigante por haber llegado hasta aquí. A ti, que huyes de la lectura fácil está dedicado este cuento. Gracias por confiar en la botella en el océano que es cada libro y agarrarte a esta lectura contra viento y marea. No imaginas la felicidad que produce saberse leído, y, quizá, incluso entendido. Estos tiempos extraños no son fáciles, para ninguno. Tu lectura me da aire, mucho aire. Gracias, de nuevo y gracias por anticipado si tienes el generoso detalle de contarme qué te pareció el libro, aquí (admunozvela@gmail.com), en las páginas de venta o en las dichosas cuentas de redes sociales (@antoniodmunoz, en Twitter). Para mí es clave que compartas con tu gente, si te gustó la historia. Tras 'La palabra perfecta' tengo más que claro que un escritor solo crece en lectores a través de vuestro boca a boca. No hay más. Ni mejor.

Mi humilde gratitud, también, a todos los maestros que me han regalado, sin saberlo, el camino hasta las calles de Granada, donde espero que arranque mi siguiente historia. O la siguiente de la siguiente. Quién sabe. Permíteme citar correctamente a quienes me han prestado alguna de sus geniales creaciones, citas que se reparten en la novela. A algunos no los mencioné, por no atascar la narración. Sirva como descargo este aplauso.

Trato especial le debo a Auster, uno de mis autores de cabecera, y al que hubiera asesinado vilmente mientras ideaba esta novela. Me explico. Ésta es una novela sobre la irrelevancia. Siempre tuve claro el título. No era posible otro. Solo Paul Auster me zarandeó mientras releía su 'Libros de las ilusiones'. Allí, escondido tras un personaje que hacía de otro personaje y más tarde se camuflaba de un tercer personaje, apareció una película muda de nombre 'Don Nadie'. Esa noche no sufrí el bloqueo del escritor, sufrí la pesadilla del escritor que escribe algo y se da cuenta de que ya está escrito. Me explosionó la cabeza. Taquicardé. Respiré. Serené. Le di mil vueltas al nombre. Pude hacerme el muerto y seguir como si no hubiera leído la novela y no supiera que allí había una película con el nombre de mi borrador. Pero Fran y este escritor, que no se parecen tanto como decís algunos, buscamos siempre la verdad. Como dice mi padre, Domingo: 'La verdad, siempre por delante'. Y la verdad es que opté por buscarle las vueltas a la historia, insertar el cuento de Auster entre los devaneos de lector del protagonista, y agradecerle así el susto. No es su 'Don Nadie' nuestro querido don nadie, como habrás comprobado si conoces la historia de Hector Mann. Valgan estas palabras como carta de admiración al escritor americano, del que he aprendido sus tramas fantasiosas en la realidad, sus personajes pesimistas, sus cuentos dentro del cuento, su dibujo de Nueva York y otras profundidades de los Estados Unidos.

Hay admiración por muchos más. Desde Fray Luis de León a Francisco Ibáñez, Antonio Machado, Michel Ende, Edmund Crispin, Tom Sharpe, Alejandro Dumas, Haruki Murakami, Leonardo Padura, Luis Landero, Javier Marías... Mención especial guardo para mi cuarteto del arte: García Márquez, Eduardo Mendoza, Miguel de Unamuno y Arturo Pérez-Reverte (aunque su 'Sidi' nos desmonte el mito). Gracias, maestros.

El penúltimo párrafo lo dedico a acordarme de todos aquellos que me acompañaron en mis primeros pasos, con "La palabra perfecta". Especial cariño, eterno cariño, guardo por los lectores aficionados y profesionales que dedicaron palabras a la novela y al escritor a través de sus reseñas, críticas, comentarios en redes sociales, etc. Fueron muchos, y todos sonrojantes para este aprendiz de escribiente. Si trato de citarlos, seguro que me olvido de alguien. Ellos saben quienes son. Sin ellos, es probable que hoy no estuviéramos aquí. Ojalá me acompañes por este extraño parto que es 'don nadie'.

Y como los últimos serán los primeros, gracias, gracias, gracias infinitas a mi FAMILIA. Fuera de categoría, éste y todos mis libros serán siempre para mis padres, Felisa y Domingo, por la vida. Para mi mejor amiga, mi mejor ejemplo, el amor de mi vida, en lo bueno y en lo malo, en blanco y negro, Karina. Y para nuestra Sofía, mi querida niña, a la que reto a mejorar

lo presente, camino como va de la escritura y la noticia.